【明】文徵明 著
卜复鸣 注释

《拙政园图咏》注释

中国建筑工业出版社

图书在版编目(CIP)数据

《拙政园图咏》注释/(明)文徵明著;卜复鸣注释.-北京:中国建筑工业出版社,2012.10
ISBN 978-7-112-14712-0

Ⅰ.①拙… Ⅱ.①文… ②卜… Ⅲ.①古典诗歌—诗歌研究—中国—明代 ②汉字—书法—研究—中国—明代 ③中国画—绘画研究—中国—明代 Ⅳ.①I207.22 ②J212.052

中国版本图书馆CIP数据核字(2012)第225598号

《拙政园图咏》是明代画家、书法家、文学家文徵明为苏州拙政园绘图吟咏的代表性力作。全书共计三十一景，涵盖了拙政园的山水、花鸟、亭台、泉石等。本书是研究文徵明诗书画的第一手重要资料，也是研究拙政园乃至中国古典园林艺术的珍贵资料。

本书可供广大风景园林艺术爱好者、风景园林工作者等学习参考。

责任编辑：吴宇江
责任设计：赵明霞
责任校对：姜小莲　陈晶晶

《拙政园图咏》注释
【明】　文徵明　著
卜复鸣　注释
*
中国建筑工业出版社出版、发行(北京西郊百万庄)
各地新华书店、建筑书店经销
北京锋尚制版有限公司制版
北京云浩印刷有限责任公司印刷
*
开本：787×1092毫米　1/16　印张：11¾　字数：280千字
2012年12月第一版　2012年12月第一次印刷
定价：55.00元
ISBN 978-7-112-14712-0
(22770)

俞樾《文待诏拙政园图》题签

苏州是一座美丽的园林城市，所谓“苏州好，城市半园亭”，苏州之所以获有“天堂”的美誉，是因为其举世闻名的古典园林。苏州园林是江南最典型的一个象征。可以说，江南人的建筑情趣、审美境界，甚至是对世界的看法都可以在苏州园林中得以体现。

苏州地灵水秀，人文荟萃。先贤留下了丰厚的文化遗产。其丰厚性体现在园林胜迹、古城名镇、街坊民居以至丝绸、刺绣、工艺等丰富多彩的物化形态，体现在昆曲、苏剧、评弹、吴门画派等门类齐全的艺术形态，还体现在文化心理的成熟、文化氛围的浓重，等等。

有人说苏州是一座水城，拙政园是一座水园。园中的亭台楼阁，轩榭廊桥，厅堂馆舫一应俱全，皆面水而筑。其中以“梧竹幽居”中的“爽借清风明借月，动观流水静观山”最能体现出此园的意境。景物充满了诗情画意，建筑更是让人心醉神迷。据记载，文徵明曾多次为王献臣拙政园绘图吟咏，《拙政园图咏》是较为全面详尽的一种，共计三十一景。凡园内山水、花鸟、亭台、泉石，摹写无异，意境隽永。图后各系以诗，诗前作小序，并用正草隶篆书写，堪称文徵明集诗书画于一体的力作之一，清代钱咏题名为“衡山先生三绝册”。不仅是研究文徵明诗书画的第一手重要资料，也是研究拙政园乃至中国古典造园艺术的珍贵资料。从文徵明《拙政园图咏》和《王氏拙政园记》中可以看出当时的王氏拙政园以水为主体，辅以植栽，因地制宜设计出了各个景点，并将诗画中的隐喻套进视觉层次中。

这座被胜誉为“天下园林之典范”的作品现代研究颇多，然而对文徵明的《拙政园图咏》的研究却是寥寥，并未得到广泛的关注。可以说拙政园的现存诗词特色和造景特色与文徵明对其的摹写吟咏有着密切的关系，像这样的珍馐馔肴般的作品值得挖掘。中国的传统文化就如一条历史的长河，古典园林也是联系中国传统文化发展的一条脉络，特别是明清园林更有一个突出的特点，就是文人、画家开始直接参与园林的设计与施工。当代，由于中国传统文化的失落，有一大批园林建筑也曾毁于一旦，很多精品的园林建筑由于时间的流逝，使得后人无法见到它的本来面貌，所幸通过这样研究古人描绘园林的山水书画和诗词，为我们找到了古典园林建筑鉴赏途径。

卜复鸣先生是一位长期致力园林技术教育与研究的学者，几十年来培养了一批又一批园林专业的技术人才。他将文徵明的《拙政园图咏》中的每一首诗进行了详尽而细致的注释，查阅了大量的史籍资料。这种注释为中国园林艺术传承进行了穿针引线式梳理，也对我们鉴赏文徵明高超的诗书画三位一体的艺术和欣赏拙政园独特的造园理念提供了便利。从注释的文徵明每一首诗作中所突出表现的那种园中闲适、旷远、雅逸的意境，让我们感受到作者历经波折后归于平静的心态和对园主人退隐建园的情感的认同和赞许，也体会到文徵明发自内心的对园中一草一木、亭台楼阁的喜爱之情，让人留恋在流水潺潺、青草丛生、断桥垂钓的世外桃源之中。

2012年3月于苏州拙政园玉兰堂

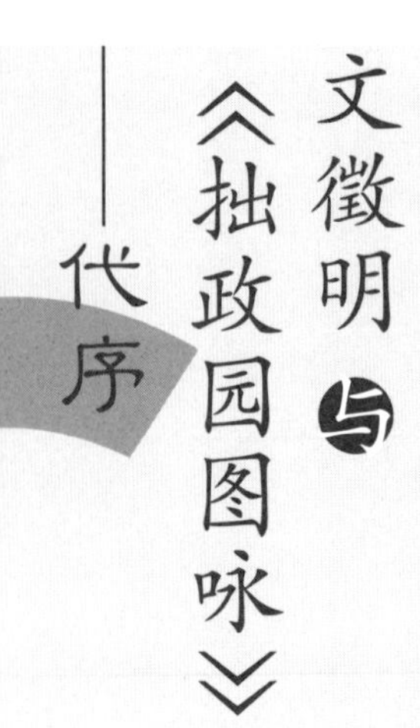

文徵明与《拙政园图咏》——代序

传世的文徵明《拙政园图咏》，使文徵明与拙政园密不可分。研究《拙政园图咏》，必须厘清以下几个问题：一、文徵明与拙政园主人王献臣有过亲密交往；二、没有文徵明直接参与拙政园设计的文献根据，文徵明的《拙政园图咏》是应王献臣之请所作且有润笔费；三、现存《拙政园图咏》的真伪辨析及译注的现实价值。

拙政园的主人王献臣，字敬止，号槐雨，原籍吴人，隶籍锦衣卫。王献臣弱冠时便以锦衣卫举弘治六年（1493年）进士，授行人，时“敬止少年，伟丰仪，妙词翰，选于众而使远外，名一旦闻九重。临遣之日，赐一品服，视他使为荣”[1]，翩翩一少年，就于弘治八年（1495年）宣使朝鲜。未几，擢为御史。

“公疏朗峻洁，博学能文辞，论事踔发。当孝宗朝，峨冠簪笔，俨然柱下，有古直臣风”[2]，“杜韦天尺五”，不阿法，抗中贵，人品高洁，“海外文章传谏草，天南魑魅识星辰”[3]，时有“奇士”之称。

1 程敏政：《送行人王君使朝鲜序》，见《篁墩文集》卷33。

2 王宠：《雅宜山集·拙政园赋序》。

3 王宠：《寄王侍御敬止》。

巡按山西大同时，献臣对怯懦丧师的边将，多所疏劾。当大同、延绥旱灾频传之际，王御史则极力主张减免租税，以舒解边地军民的困境。此外，无论巡按辽阳，出使朝鲜，莫不显示出他的干练和正直，但因此深为某些人嫉恨。两次被东厂缉事者诬陷：一次以东厂所举发的令部卒导从游山及擅委军政官吏的罪嫌，把王御史逮下诏狱，廷杖三十，谪为上杭丞。弘治十七年（1504年），再次贬为广东驿丞。到正德元年（1506年），才迁为永嘉知县，继任高州（府治在今广东茂名）通判。

王献臣是在高州任内的正德四年（1509）辞官归吴的，当时他的官职正在升迁中，所以文徵明说他“甫及强仕即解官家处”。

王献臣用“拙者之为政也”名园，“拙”，实指不善在官场中周旋之意，是陶渊明“守拙归园田”中的“拙”，也是儒家一贯提倡的道德标准，与“巧言令色”、“阿谀奉承”、“投机钻营”等相对。王献臣自己说：“罢官归，乃日课童仆，除秽植楥，饭牛酤乳，荷臿抱瓮，业种艺以供朝夕、俟伏腊，积久而园始成。”[1] 文徵明在《王氏拙政园记》中认为王献臣取潘岳的“此亦拙者之为政也”名园，仅“聊以宣其不达之志焉耳”，并非“以岳自况”：

君于岳则有间矣，君以进士高科仕为名法从，直躬殉道，非久被斥。其后旋起旅废，迨摈不复，其为人岂龌龊自守、视时浮沉者哉?岳虽漫为闲居之言，而谄事时人，至于望尘雅拜，干没势权，终罹咎祸。考其平生，盖终其身未尝暂去官守以即其闲居之乐也。

文徵明嘉靖十二年（1533年）为拙政园作记时，王献臣已经“二十年于此矣”，1539年王献臣自谓：“屏气养拙几三十年，树木拱抱，曾孙戏前，献臣亦老矣。”[2] 王献臣是真正彻悟人生，绝意仕途，终老于园的。

王献臣的直臣风范，赢得吴下名士的景仰：徐祯卿、文徵明、唐伯虎、张灵、王宠等人多与之唱酬。“拙政园”落成后，绝意仕途的唐伯虎为王敬止绘“西畴图”，并系七律一首：

铁冠仙吏隐城隅，西近平畴宅一区。
准例公田多种秫，不教诗兴败催租。
秋成烂煮长腰米，春作先驱丫髻奴。
鼓腹年年歌帝力，不须祈谷幸操壶。[3]

1 王献臣：《拙政园图咏跋》。
2 王献臣：《拙政园图咏跋》。
3 唐寅：《西畴图为王侍御作》，见四库全书第1394册，第54页。

这位“桃花仙”称王献臣为“铁冠仙吏”，并歌颂其隐逸生活的惬意，可以年年鼓腹而歌《击壤》：“日出而作。日入而息。凿井而饮。耕田而食”，“帝力于我何有哉”！

王宠描写王御史园林“天青云自媚，沙白鸟相鲜”[1]，可以晏然自怡。

方太古《十五夜饮王敬止园亭》曰：“客子未归天一涯，沧江亭上听新蛙。春风莫漫随人老，吹落来禽千树花。”[2]

看来，王献臣与吴中才子们的关系很融洽，拙政园中诗酒唱酬也很频繁。

文徵明结识王献臣缘于其父文林。王献臣长期在京城，本来与文家父子并不相识，据文徵明自述，是南屏潘辰将王献臣介绍给文林的：

往岁先君以书问士于检讨南屏潘公，公报曰：“有王君敬止者，奇士也，是故吴人。”他日还吴，某以潘公之故，获缔好焉。及君以行人迁监察御史，先君谓某曰：“王君有志用世，其不能免乎？”[3]

潘辰称誉王献臣为“奇士”，文林因王献臣为官有政绩，称王献臣有用世之志，于是，文徵明与王献臣成为好友，觉得王献臣是“持重而博大”的耿介之士。所以，文徵明为王献臣的父亲王瑾写《王氏敕命碑阴记》，为其子王锡麟取字，甚为相得。王献臣谪上杭丞和再贬为广东驿丞及任永嘉知县时，文徵明都有诗赠送、抚慰，如再贬为广东驿丞时，文徵明写《王侍御所藏仲穆马图》诗鼓励他：“荦荦才情与世疏，等闲零落傍江湖；不应泛驾终难用，闲着王孙骏马图。”

王献臣归吴后，两人交往更多，曾同游虎丘，文徵明自比唐之皮日休相伴陆龟蒙。文徵明的《书王敬止扇》、《又题王敬止所藏仲穆马图》、《次韵王敬止

1　王宠:《雅宜山人集·王侍御敬止园林四首》，第178页。
2　沈德符：《万历野获编》，卷26《好事家》，第654页。
3　文徵明：《送侍御王君左迁上杭丞叙》，见《文徵明集》第438页。

秋池晚兴》等都是与园主王敬止的交往诗。嘉靖十一年（1532年）三月六日，文徵明过拙政园临苏轼《洋川园池记诗》，尝手植紫藤一株于园中。

文徵明是拙政园常客，但无法证明文徵明参与了拙政园的设计。一般来说，园林在施工前应该绘成图样，那只是一种“功能性的图绘”，又称为“宅图”。“宅图”介于绘画和图解之间。《拙政园图》三十一幅图是园建成之后所画，绝对不是设计蓝图。

拙政园始建于明正德四年（1509年）。文徵明《王氏拙政园图记》曰：“徵明漫仕而归，虽踪迹不同于君，而潦倒末杀，略相比偶。顾不得一亩之宫，以寄栖逸之志，而独有羡于君，既取其园中景物悉为赋之，而复为之记。”末识“嘉靖十二年（1533年），岁在癸巳三月既望。长洲文徵明著。”

“徵明漫仕而归”，是什么时候呢？文徵明是诗书画三绝的文艺全才，但从弘治八年（1495年）到嘉靖元年（1522年），文徵明连续10次参加乡试皆落第，嘉靖二年（1523年），54岁的文徵明因江苏巡抚李充嗣的推荐，以“岁贡”身份晋京，授翰林院待诏，1527年，58岁的文徵明辞官回到苏州，结束了在北方的4年官宦生活。这时候，拙政园已经修筑了18年，到1533年，已经24年，所以，文徵明可以“取其园中景物悉为赋之”，文徵明的图咏晚于筑园时间二十多年，怎么可能是设计图呢?

正德九年（1514年），距拙政园始建时五年后，文徵明就有《饮王敬止园池》，正德十二年，有“拙政园中日月长”的诗句，正德十四年有《新正二日冒雪访王敬止，登梦隐楼，留饮竟日》等诗，说明拙政园已经修成，园主招饮客人于园，宾主酬唱。

据各种文献记载，文徵明曾多次（一说六次）为拙政园写诗作画。

所传文氏最早作《拙政园画轴》是正德八年（1513年），时文徵明44岁，但该图轴的来龙去脉未见确切记载，难以信从。

嘉靖七年（1528年），文徵明曾作《槐雨园亭图》一轴，素笺，着色，题“会心何必在郊垧，近圃分明见远情，流水短桥春草色，槿篱茹屋午鸡声”七律一首，末识“嘉靖戊子三月十日，徵明为槐雨先生写并题”。此画见录于《石渠宝笈初编》卷38，然画作已不知去向。这首七律后见于《拙政园三十一景》，属于一诗多题，这在文徵明的书画中比较常见。时文氏59岁，从京城回乡的第二年。

王宠亦有诗题画上：“薄暮临清阁，中流荡画桥。人烟纷寞寞，天阙尚寥寥。日月东西观，亭台上下摇。深林见红烛，侧径去迢遥。”

文徵明所题拙政园诗初稿见于文嘉钞本中，约在嘉靖十年（1531年）左右。两年之后，即1533年增加《玉泉》一景，成为31首。这里仅指诗歌，没有提到图。

嘉靖十二年癸巳（1533年）作《拙政园三十一景》图册，见民国8年（1919

年）中华书局印本《文衡山拙政园书画册》，绢本水墨，共描绘三十一景，各系小记并赋诗一首。后有小楷书《王氏拙政园记》，末款署："嘉靖十二年岁在癸巳五月既望，长洲文徵明著。"知为1533年所作。册前为钱泳题签"衡山先生三绝册"，俞樾篆书引首。后有林庭棉、钱泳跋；戴熙画全图并跋；钱杜跋；文鼎临《瑶圃》一景；张廷济、苏悙元、吴云、何绍基跋。吴庆坻《蕉廊脞录》载同之。卷首有林庭棉（小泉，谥康懿）题识："文子有声画，无声诗，两臻其妙。"又云："槐雨在诏狱，祸且不测，先文安官南铨冢宰抗章论救，始获从轻。"林家与王家交谊甚深。

今检明王世贞《弇州四部稿》卷131之"三吴楷法十册"一条：

"《拙政园记》及古近体诗三十一首，为王敬止侍御作，侍御费三十，鸡鸣侯门而始得之，然是待诏最合作语，亦最得意笔。考其年癸巳，是六十四时笔也。"[1]

文徵明是应园主王献臣之请，遂于嘉靖十二年（1533年）撰并书《王氏拙政园记》（小楷），另将园内三十一处景点绘制成图，为每幅图赋诗一首且亲笔书写，是为《拙政园图咏》，王献臣付费三十，鸡鸣时辰王到文氏家侯门而始得之，态度十分虔诚。而此时，王献臣已经"筑室种树，灌园鬻蔬，逍遥自得，享闲居之乐者，二十年于此矣"，自1509年至1533年，共24年，差可称之。道光十六年（1836年）戴熙将文徵明三十一景画于一幅，以简略繁。

清何绍基称"其画意精趣别，各就其景，自出奇理，以腾跃之故，能幅幅入胜。"[2]

嘉靖三十年辛亥（1551年），文徵明82岁作《拙政园图》册，今存八帧，景名与诗文与三十一景同，画面不同，现藏于美国纽约大都会艺术博物馆。《清河书画舫》曾记有"徵仲太史《拙政园图》一册，计十二帧，精细古雅，为敬止侍御作，今在顾氏"[3]。所记或即为此册。

嘉靖三十七年（1558年），文徵明已经89岁高龄，画《拙政园图》，此画曾着录于梁章巨《退庵金石书画跋》和秦谊亭《曝画记余》。《曝画记余》对此画记之甚详，云此画"绢本设色，卷高七寸半，长两尺一寸，卷额署'拙政名园'四大字，隶书，下写'三桥'并书（引者按："三桥"为文彭之号），押有阳文'文彭之印'图章"。

园之山石尽付青绿，备极工细。右下角土坡上垂柳密排，一湾流水绕其前。迤左，草树环堤，潮石一垒，玲珑剔透，濒湖耸立。更左，则小池一方，莲花净

1　王世贞：《弇州四部稿》卷131·文渊阁四库全书集部六。
2　何绍基：《题文徵明拙政园图册》。
3　张丑：《清河书画舫》，卷12上。

植，前为丛竹、松、槐、桐柏之属。树隙间露书屋两三楹。池后则有茅亭远树。屋左为桥，桥通隔堤，桥上三人，迤逦而行。河之彼岸，又有敞轩一所，旁植垂柳一株也，至图之上部，由右而左，碧山作三四起伏。山后重重叠叠，尽是远峰，不可计数。左上端于杂树后面，奇峰陡起，两侧凸而中凹，凹处有石梁跨之，瀑布奔流，恰落涧中也。图次为楮本。

图上有文徵明书写所作《拙政园记》全文，另有题跋云："槐雨先生所建拙政园，精妙过于华丽，索余图记，不觉经五年矣。余朽迈，有疏细楷笔墨，勉为此图书记，恐不足形其妙端耳。嘉靖三十七年丙戌望后长洲文徵明时年八十有九。"下有"文印徵明"、"悟言室印"二白文方印。接下来还有文彭的题诗及落款，内容是："共有王猷好，园酣修竹林。山光云几净，水色画堂侵。断续冬花吐，玲珑好鸟吟。辋川如有待，那得恋朝簪。乙丑秋日雁门文彭。"下押"文彭之印"。此画最早为文彭所收藏，文并录王宠题诗一首于上。后则辗转易主，清道光、同治年间为无锡人秦谊亭所有，现则不知所终。

题跋有"索余图记"之说，既然1533年文徵明已经应王氏之请，有了三十一图咏了，为何还要再次请作图记？从记载看，这幅《拙政园图》似乎为全景图。

有的学者对传世的文徵明《拙政园图咏》提出了质疑：

其一：现存三十一图咏书法真楷篆隶皆有，美国纽约大都会艺术博物馆八帧图咏只用楷体，书法精妙，因疑前者为伪。

文徵明书法固然以行书与小楷见长，但史载其亦善篆隶，明人王世贞评价曰："待诏以小楷名海内，其所沾沾者隶耳。独篆笔不轻为人下，然亦自入能品。此卷《千文》四体，楷法绝精工，有《黄庭》、《遗教》笔意，行体苍润，可称《玉版》、《圣教》；隶亦妙得《受禅》三昧；篆书斤斤阳冰门风，而皆有小法，尤可宝也。"[1] 三十一诗采用了各体书法，正合文徵明书法特点。王世贞以为《拙政园记》及古近体诗三十一首恰是待诏"最得意笔"。

纽约大都会艺术博物馆的《拙政园图》册之前有日本人内藤虎的题跋，认为

1　王世贞：《艺苑卮言》附录三，卷132，《文渊阁四库全书·集部》六。

该图书法比画要稍逊，并不十分赞赏，真是见仁见智。

笔者以为，纽约大都会艺术博物馆的《拙政园图》册所存疑窦尚多。内藤虎的题跋如下：

此册衡山待诏为姓吴者画其园池胜景，园原宜有名，今已失之。画笔超妙，用墨古淡，在子昂仲穆父子之间，使人耽看不忍释手，询为衡山画中至佳之品。每页题诗，最后题有辛亥字，乃嘉靖三十年，衡山八十二岁时作。其画（应为“书”）法则比画稍逊焉。常经安麓村、治晋锡晋二郎袭藏，有成王跋，足珍也已。昭和五年八月，内藤虎。

“昭和五年”已是1930年，疑点之一，图册上无园名，“园原宜有名，今已失之”。疑点之二，将王敬止说成“姓吴者”，张冠李戴。疑点之三，后八帧排列顺序杂乱无章，分别为：“小沧浪亭”、“湘筠坞”、“芭蕉槛”、“钓䂬”、“来禽囿”、“玉泉”、“繁香坞”、“槐幄”，按《王氏拙政园记》顺序依次为：7、23、27、11、17、31、3、24。疑点之四，图与题不合处，如槐幄图和咏与“繁香坞”图和咏错位。图与诗意、诗序对不上的更多，如“小沧浪亭”，原图题“沧浪池”，序有：“园有积水，横亘数亩，类苏子美沧浪池，因筑亭其中，曰小沧浪。”“小沧浪亭”不在水中，亭亦似敞轩，与诗意和诗序皆不合。疑点之五，有画面与画意不合处，如《槐幄》一帧，1533年的册页序曰：“古槐一株，蟠屈如翠蛟，阴覆数弓。”画面以一蟠屈的古槐和其他两株槐树组成，一士独坐沉思，十分符合文徵明诗意。而1551年的册页中的《槐幄》八株槐树围着的一块空地中，变成两位文士在品茗畅谈，与“古槐一株”显然相悖。

又《繁香坞》，1533年册页有序：“在若墅堂之前，杂植牡丹、芍药、丹桂、海棠、紫璚诸花。”画面上，“繁香坞”处在若墅堂之前四面如屏的花木深处。而1551年的《繁香坞》图，在水中洲渚上，周绕篱笆，篱笆四周杂植各种园林植物，中间为一敞轩，与“序”描述的环境不同，有研究者发现与王维《辋川图》中的“华子冈”基本相似。

其二，传世的文徵明《拙政园图咏》三十一幅，其中有两幅画面构图与沈周《东庄图》相似，分别是：拙政园芙蓉隈的水池和莲花构图与东庄曲池高度相似，拙政园深净亭荷池与东庄北港荷池构图笔法高度相似。这确实是必须辨正的问题，明代名人赝品极多，孰是孰非，尚需许多证据，未可率意定夺。

迄今为止，文徵明《拙政园图咏》依然为全面研究明代拙政园的第一手资料，在中国园林史、中国画史上具有其他资料不能替代的作用，但由于时代和文化背景的隔膜，各类读者包括境外研究者对三十一首诗的正确解读或多或少存在困难。但没有一部译注本，今卜复鸣先生据中华书局印本《拙政园诗画册》为底本，对文徵明三十一首诗及图序进行了全面注释，并将各体诗歌翻译成语体文。这种体式既适合一般读者的需要，也能基本满足研究者的需要，雅俗皆宜，填补了该项研究空白。

本书分原文、注释、译文三个部分。

注释准确、简明，并做到“语必溯源”，注明该词出处，诠解典故，即数典，涉及的名物制度，也一一考证其来历；涉及山川地理，注明其沿革和所属等。如“芙蓉隈，芙蓉：指木芙蓉。隈：山水弯曲处。《记》：‘逾小飞虹而北，循水西行，岸多木芙蓉，曰芙蓉隈。’木芙蓉（*Hibiscus mutabilis* L.），又名芙蓉花、拒霜花，为锦葵科木槿属落叶灌木或小乔木，晚秋开花，花大，白或淡红色，一日三变者称醉芙蓉。《长物志》：‘芙蓉宜植池岸，临水为佳。’故有‘照水芙蓉’之称”。

“译”是本书的关键。20世纪初严复就英译汉的翻译原则提出过“信”（即准确，忠于原文）、“达”（畅达，文从字顺，流利畅达，意思完整，没有语法及逻辑错误）、“雅”（典雅优美）三字。这是被翻译家们奉为圭臬的三条标准，也是将古文翻译成语体文的基本要求，准确地理解原文，并使用规范的现代汉语译出来。文徵明三十一首的诗歌体裁，作者的译文也采用了诗歌的形式，朗朗上口，可见作者付出了艰辛的劳动，难能可贵。

尽管文徵明《拙政园图咏》还有很多研究空间，但对三十一首诗及序原文的正确解读无疑是研究的基础，可见卜复鸣先生的《拙政园图咏》注释具有重要的现实意义，故欣然写此赘言聊作代序。

2012年7月于苏州大学

衡山先生三絶册

道光十三年秋八月廿三日[illegible]華溪錢泳[illegible]觀

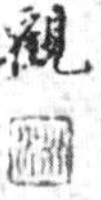

一、若墅堂 20
二、倚玉轩 24
三、小飞虹 28
四、梦隐楼 32
五、繁香坞 36
六、小沧浪 40
七、芙蓉隈 44
八、意远台 48
九、钓砻 52
十、水花池 56
十一、深 60

目录

4 序

6 文徵明与《拙政园图咏》——代序

16 引言

政

64 十二、志清处

68 十三、柳隩

72 十四、待霜亭

76 十五、怡颜处

80 十六、听松风处

84 十七、来禽囿

88 十八、玫瑰柴

92 十九、珍李坂

96 二十、得真亭

100 二十一、蔷薇径

園

104 二十二、桃花沜

108 二十三、湘筠坞

112 二十四、槐幄

116 二十五、槐雨亭

120 二十六、尔耳轩

126 二十七、芭蕉槛

130 二十八、竹涧

134 二十九、瑶圃

140 三十、嘉实亭

144 三十一、玉泉

148 【附录一】 原书附录及题跋选

163 【附录二】 纽约大都会艺术博物馆藏拙政园图

182 【附录三】 明代王氏拙政园复原图

184 主要参考书目

185 后记

引言

拙政园位于苏州城内东北的齐门和娄门之间，明代弘治年间（1488～1505年）御史王献臣因于正德初"甫及强仕即解官家处"，便以元代大弘寺址拓建为园，因感"昔潘岳氏仕宦不达，故筑室种树，灌园鬻蔬，曰：'此亦拙者之为政也。'"而取名拙政园。当时因"居多隙地，有积水亘其中"，便"稍加浚治，环以林木"，而有水石林木之胜。园内"凡为堂一，楼一，为亭六，轩、槛、池、台、坞，涧之属二十有三"，共有三十一景。（文徵明《王氏拙政园记》，以下简称《记》）

王献臣，字敬止，号槐雨，《明史》列传说："其先吴人，隶籍锦衣卫。"明弘治六年（1493年）进士。曾任行人、御史、上杭县丞、永嘉知县、高州通判等职，两次被贬，归故里苏州筑拙政园。关于拙政园建园的年代，刘敦桢先生根据文徵明《记》（作于嘉靖十二年，即1533年）所称的"君甫及强仕，即解官家处，……享闲居之乐者，凡二十年于此矣。"推断建园之始应为明正德八年（1513年）；又根据王献臣《拙政园图咏跋》所说："罢官归，乃日课童仆，除秽植楥，……屏气养拙几三十年。"推断建园之始应为明正德四年（1509年）左右，所以现在一般均采用正德四年说。

文徵明（1470～1559年），原名壁，字徵明，后以字行，更字徵仲。明代长洲（今江苏苏州）人，因先世为衡山（今湖南衡阳市衡东县）人，故号衡山居士，世称文衡山，曾官翰林待诏，故又称文待诏。其画曾受业于沈周，后广泛吸收宋元诸家技法，风格多样，自成一家，与沈周、唐寅、仇英合称为"明四家"；其书法初受业于李应祯，精研二王，尤善行书、小楷，虽年近九旬，依然笔力不衰；其文原受业于吴宽，长于叙事，风格清新，与祝允明、唐寅、徐祯卿并称为"吴中四才子"；其诗出入于柳宗元、白居易诸家，王世贞《文先生传》说是"先生好为诗，传情而发，娟秀妍雅。"有《甫田集》三十六卷。

文徵明和王献臣常有诗歌酬和，嘉靖六年（1527年）文徵明辞官返苏，与王献臣泛舟游虎丘，有诗云："家居临顿挹高风，更着扁舟引钓筒。自笑我非皮袭美，也来相伴陆龟蒙。"把两人比作"皮陆"。文徵明多次受邀写拙政园，有诗、记、图等存世，如正德五年（1510年）为王氏作《王氏敕命碑阴记》，正德九年（1514年）有《饮王敬止园池》诗，正德十二年（1517年）作《寄王敬止》：“流尘六月正荒荒，拙政园中日自长。”已有拙政园之名。正德十三年（1518年）从王氏园移竹数枝于停云馆前；正德十四年（1519年）作《新正二日冒雪访王敬止，登梦隐楼，留饮竟日》。嘉靖十一年（1532年）偶过拙政园，录苏东坡《洋川园池诗》。文徵明所作的有关拙政园传世图轴甚多，如《拙政园图轴》（款署作于正德癸酉，即1513年），《槐雨亭图轴》（款署作于嘉靖戊子，即1528年），《拙政园图卷》（款署作于嘉靖三十七年，即1525年）以及于嘉靖三十年（1551年）从三十一景中选择十二景重绘，藏于纽约大都会艺术博物馆（今存其八）的拙政园图册等等，今人有疑为伪作。

文徵明的诗、书、画名贯一时，并在三者的结合上，达到了很高的成就，而《拙政园图咏》便是一个典型事例。《拙政园图咏》通称《拙政园诗画册》、《拙政园图》，或《拙政园三十一景图》等，作于嘉靖十二年（1533年），有民国8年（1919年）中华书局印本，原册为墨色绢本，共三十一景，副页各系题咏，一气呵成，可谓“文章本天成，妙手偶得之”。故偶有错字改正，漏字补写，字序颠倒标注，衍字点删等情况，书法真、草、隶、篆四体兼备，精熟无比。后有《王氏拙政园记》一篇，蝇头小楷，尤为妙绝。并有林庭棉以及戴熙、吴骞、钱泳、钱杜、苏惇元、何绍基等众多清人跋语，戴熙绘《拙政园图》，文鼎摹瑶圃一景。嘉靖十六年（1537年）林庭棉过苏州，王献臣索题，林称誉其为“有声画，无声诗，两臻其妙。……凡山川、花鸟、亭台、泉石之胜，摹写无遗，虽辋川之图，何以逾是”（《题槐雨先生拙政园图咏册》）。清嘉庆十四年（1809年）藏书家吴骞评介：“园中诸景，凡卅有一。景各一图，笔法纵横变化，大抵集宋元名家之大成，而参以己意，故为此公绝构。”（《文待诏拙政园图并题咏真迹跋》）钱咏则题名为“衡山先生三绝册”。

作为职业画家，文徵明的交往圈子大多为士绅阶层，他们不一定就是文徵明的直接艺术赞助人，但文徵明有许多描写书斋、院落及园林的绘画作品，想必大多为酬谢答赠之作。文徵明在嘉靖三十七年（1558年）所作的《拙政园图》题跋上写道：“槐雨先生所建拙政园，精妙过于华丽，索余图记，不觉经五年矣。”王宠曾在一幅画轴上题曰：“此二作，余为王敬止先生题其园居诗也。今倩仇实甫画史绘为小卷，敬止暇中出示命书，漫录于后。”仇实甫即仇英，王献臣应该请当时多位画家绘有不同的拙政园图。

今据拙政园管理处提供的中华书局印本《拙政园诗画册》注释之，并据林庭棉《题槐雨先生拙政园图咏册》以《拙政园图咏》名之。文氏所咏之诗用真、草、隶、篆四体写就，而其中不乏异体字或古文字体，有的常被误读，如《嘉实亭》一咏中的“曾不如苦李，全生衢路旁”之“全”字古文，以前常误读成“贪”字。再如《繁香坞》题记中的“杂植牡丹、芍药、丹桂、海棠、紫璚诸花”的“璚”字草书，有讹作“瑶”字。凡此等等，作了些修正。

《吴中名贤传赞》中的文徵明像

一、若墅堂

若墅堂在拙政園之中園為唐陸魯望故宅雖在城市而有山林深寂之趣昔皮襲美嘗稱魯望所居不出郛郭曠若郊墅故以為名

會心何必在郊坰近圃分明見遠情流水斷橋春草色槿籬茆屋午鷄聲絕憐人境無車馬信有山林在市城不負昔賢高隱地手攜書卷課畊童

若墅堂[1]在拙政园之中，园为唐陆鲁望故宅，[2]
虽在城市而有山林深寂之趣，
昔皮袭美[3]尝称鲁望所居"不出郛郭，[4]
旷若郊墅"[5]，故以为名。
会心[6]何必在郊坰，[7]近圃分明见远情。
流水断桥春草色，槿篱茆屋[8]午鸡声。

注释：

1 **若墅堂：**在拙政园水池之南，即现远香堂址。《图》南为门与园篱，北望可见城墙雉堞。《记》说："居多隙地，有积水亘其中，稍加浚治，……为堂其阴，曰若墅堂。"山之北、水之南为阴。

2 **陆鲁望：**陆龟蒙（？~881年），字鲁望，长洲（今江苏苏州）人，晚唐诗人。举进士不第，曾任湖州、苏州二郡从事，后隐居甫里（今苏州甪直），自号江湖散人、甫里先生，又号天随子。与皮日休友善而齐名，世称"皮陆"。有《甫里先生文集》等。故宅：宋朱长文《吴郡图经续记》说陆龟蒙旧居在临顿里。

3 **皮袭美：**皮日休（约834~883年），字逸少，后改袭美，自号鹿门子，又号间气布衣、醉吟先生，襄阳竟陵（今湖北襄阳）人，晚唐诗人。咸通进士，曾任苏州军事判官，后参加黄巢义军，任翰林学士，黄巢失败后，不知所终。有《皮子文薮》行世。

4 **郛郭：**即外城，泛指城或城墙。郛：古代城圈外围的大城；郭：城外围着城的墙。《孟子·公孙丑下》："三里之城，七里之郭，环而攻之而不胜。"《韩非子·难二》："赵简子围卫之郛郭。"晋左思《吴都赋》："郛郭周匝，重城结隅。"

5 **旷若郊墅：**旷，空阔、野旷之意。郊，周代五十里为近郊，百里为远郊，这里泛指城外、野外。墅，指田野间的房舍。皮日休有《临顿为吴中偏胜之地，陆鲁望居之，不出郛郭，旷若郊墅。余每相访，款然惜去，因成五言十首，奉题屋壁》诗题。

6 **会心：**即领悟于心。南朝宋刘义庆《世说新语·言语》："简文入华林园，顾谓左右曰：'会心处不必在远，翳然林水，便自有濠濮间想也。'"

7 **郊坰：**指郊野。坰：指远郊。

8 **槿篱：**即木槿做的篱笆。木槿（*Hibiscus syriacus* L.）为锦葵科木槿属落叶灌木或小乔木，花有堇紫、粉红或白之色。江南一带农村盛行用木槿做绿篱。明吴宽《槿》："南方编短篱，木槿每当路。北地少为贵，翻编短篱护。"茆屋：即茅屋。茆通"茅"，即茅草（*Imperata cylindrica* (Linn.) Beauv.），为禾本科白茅属多年生草本，花穗密生绝怜人境无车马，[9]信有山林在市城。
不负昔贤高隐地，[10]手携书卷课童耕。[11]

白毛，叶可编蓑衣。茆屋即用芦苇、稻草等苫盖屋顶的简陋房子。《左传·桓公二年》：“清庙茅屋。”杜预注：“以茅饰屋，着俭也。”

9 **绝怜：**非常喜欢。绝：极，非常。怜：爱，爱惜。陶渊明《饮酒》之五：“结庐在人境，而无车马喧。”

10 **昔贤：**这里应指陆龟蒙。相传三国郁林太守陆绩、东晋高士戴颙、晚唐诗人陆龟蒙、宋胡稷言等名人曾先后在此结庐。高隐地：高人隐居之地。

11 **课童耕：**教小孩读书。课：教书。童耕：未到应试年龄的小孩。王献臣《拙政园图咏跋》：“罢官归，乃日课童仆。”

若墅堂在拙政园中，这里是晚唐诗人陆龟蒙的旧居，虽地处城市，却坐拥山林的寂静野趣，昔时皮日休曾说过，陆龟蒙的居所“不出城郭，旷若郊墅”，所以以“若墅堂”为名。

对自然的向望何必一定要身处远郊，
地处闹市的园林分明就有那份闲情。
流水、断桥和那悠悠的连天春草色，
木槿篱笆、茅屋伴随着午后的鸡鸣。
没有了车马喧嚣的尘世真让人羡慕，
不得不信城市中还有那栖身的山林。
不要辜负了先贤高士们隐居的地方，
可以手拿着书卷教孩童们读诗诵经。

二、倚玉轩

倚玉軒在若墅堂後傍多美竹面有昆山石

倚楹碧玉萬竿長
更割昆山片玉蒼
如到王家堂上看
春風觸目總琳瑯

倚玉轩[1]在若墅堂后，傍[2]多美竹，
面有昆山石。[3]
倚楹[4]碧玉[5]万竿长，
更割昆山片玉苍。[6]
如到王家堂上[7]看，
春风触目揔琳琅。[8]

注释：

1 **倚玉轩：**玉指翠竹与昆石。轩旁有密竹围栏，面有昆石置于盆盎之中，故名倚玉轩。《记》：“（倚玉）轩北直‘梦隐’，绝水为梁，曰小飞虹。”可见即现倚玉轩位置。

2 **傍：**通“旁”，为旁边之意。《说文》：“傍，近也。”《广韵》：“傍，侧也。”

3 **昆山石：**因产于江苏昆山的玉峰山而得名。系石英脉在晶洞中长成的晶簇体，呈网脉状，晶莹洁白，剔透玲珑，少见大材。昆石与太湖石、灵璧石、英石为中国古代四大名石；与太湖石、雨花石并称为江苏三大名石。宋杜绾《云林石谱》：“（苏州人）唯爱其色洁白，或栽植小木，或种溪荪（即菖蒲）于奇巧处，或立置器中，互相贵重以求售。”

4 **倚：**靠近。楹：即柱子，这里指倚玉轩。《说文》：“楹，柱也。”

5 **碧玉：**这里指绿竹，用“碧玉”形容竹子的翠绿晶莹之美。

6 **片玉：**玉出昆仑，昆仑山之东曰昆仑玉（青海玉），山之北曰和田玉，《千字文》：“金生丽水，玉出昆冈。”

7 **王家：**指王献臣的园林。图中有一人倚栏看竹。

8 **揔：**古同总。琳琅：美玉，这儿指翠竹。也指玉声，春风吹绿竹，如戛玉清音。《世说新语·容止》：“今日之行，触目见琳琅珠玉。”《楚辞·九歌·东皇太一》：“璆锵鸣兮琳琅。”

倚玉轩在若墅堂后面，旁边有很多翠竹，前面摆放着昆山石。

小轩旁生长着万竿修长的青青翠竹，

更有从昆仑山割来的片玉苍润古朴。

还是请到王家的厅堂上去看一看吧，

春风里触目所见的尽是那琳琅珠玉。

三、小飞虹

小飛虹在夢隱樓之前若墅堂北横绝滄浪池中雌蜺蝀蜷飲洪河落日倒影飜晴波江山沉沉時未雨何事青龍忽騰翥知君小試濟川才横绝寒流引飛渡朱欄光炯搖碧落傑閣參差隱層霧我來彷彿踏金鼇願揮塵世從琴高月明悠悠天在水萬里手把芙蕖照秋水

小飞虹[1]在梦隐楼之前，
若墅堂北，横绝[2]沧浪池中。
雌蜺蝀蜷饮洪河，[3]落日倒影翻晴波。
江山沉沉时未雩，[4]何事青龙忽腾翥。[5]
知君小试济川[6]才，横绝寒流引飞渡。
朱栏光炯摇碧落，[7]杰阁参差[8]隐层雾。
我来仿佛踏金鳌，[9]愿挥尘世从琴高。[10]

注释：

1 **小飞虹：**为架在沧浪池的板桥，桥为三折，是明代常见的平弧形桥梁，江浙一带村落常能见到，文震亨《长物志》：“板桥须三折”，大约是明代定制。虹：雨后天空中出现的彩色圆弧，借指桥，小桥犹如彩虹，飞卧在池面之上。陆龟蒙《和袭美咏皋桥》：“横截春流架断虹。”

2 **横绝：**即横跨之意。绝：横过，穿过。

3 **雌蜺蝀蜷：**蜺（读作臬，入声）：副虹，即虹的外圈，故又称雌蜺，《汉书·天文志》注：“雄为虹，雌为蜺。”蝀蜷：亦作连蜷，舒曲回环之貌。《梁书·王筠传》：“（沈）约制《郊居赋》，构思积时，犹未都毕，乃要筠示其草，筠读至‘雌霓连蜷’，约抚掌欣抃曰：‘仆尝恐人呼为霓。’”洪河：这里指沧浪池。洪：大。

4 **雩：**古代求雨的祭祀。

5 **何事：**为何，何故。晋左思《招隐》：“何事待啸歌？灌木自悲吟。”腾翥：飞升，亦比喻升官晋爵。翥：（鸟）飞。明张居正《陵寝纪》：“山趋水会，凤翥龙翔。”

6 **济川：**即渡河，后多比喻辅佐帝王。清顾炎武《赠黄职方师正》诗：“黄君济川才，大器晚成就。”

7 **朱栏：**红漆的栏杆，形容大户人家的富丽堂皇。炯：明亮。碧落：指天空，天界。白居易《长恨歌》：“上穷碧落下黄泉，两处茫茫皆不见。”

8 **杰阁：**高阁。杰：高大。韩愈《记梦》：“隆楼杰阁磊嵬高，天风飘飘吹我过。”参差：高低不齐的样子。《诗经·周南·关雎》：“参差荇菜，左右流之。”

9 **金鳌：**传说中海里的金色巨龟，比喻地位高贵者。唐王建《宫词》：“蓬莱正殿压金鳌，红日初生碧海涛。”

10 **琴高：**传说周代末赵国人，能鼓琴，后于涿水乘鲤归仙，见汉刘向《列仙传》。苏州古城原有乘鱼桥，宋范成大《吴郡志》：“乘鱼桥，在子城之西北，昔琴高乘鲤鱼升月明悠悠天万里，手把芙渠[11]照秋水。

仙之地。”即今乐桥附近。

11 **芙渠：**即芙蕖，荷花的别称。《群芳谱》：“花已发为芙蕖，未发为菡萏。”荷花（*Nelumbo nucifera* Gaertn.）为睡莲科多年生水生植物，花色常为红色或白色。王安石《芙蕖》：“芙蕖耐夏复宜秋，一种今年便满沟。”把：拿，用，这里是把玩的意思。

小飞虹在梦隐楼的前面，若墅堂的北面，横跨在沧浪池上。

彩虹回环着身姿痛饮着沧浪池水，
那夕阳下的倒影就像越过着水波。
天空虽阴沉却还没到求雨的时辰，
是什么原因让青龙忽然腾达飞渡?
知道你是想试试自己济川的才能，
想横跨在寒流之上引着从上越过。
亮丽明艳的朱红栏杆光耀着天空，
错落有致的高阁隐绕着层层迷雾。
我仿佛脚踩着东海金鳌来到这儿，
多想挥别那红尘随着琴高成仙去。
辽阔无际的明亮月光洒满了大地，
手中把玩着的那荷花映照着秋波。

四、梦隐楼

夢隱樓在滄浪池[illegible]上南
直若墅堂其高可望郭外
諸山君嘗乞靈於九鯉湖
梦隱隱字及得此地為戴
顒陸魯望故宅因築樓以
識

林泉入夢意蕭蕭旋起高樓
擬退藏魯望五湖原有宅淵
明三徑未全荒枕中已悟功
名幻壺裡誰知日月長回首
帝京何處是倚欄惟見暮山蒼

梦隐楼[1]在沧浪池之上，南直[2]若墅堂，
其高可望廓外[3]诸山。君尝乞灵于九鲤湖，[4]
梦隐"隐"字。及得此地，
为戴颙、[5]陆鲁望故宅，因筑楼以识。
林泉[6]入梦意茫茫，旋起高楼儗退藏。[7]
鲁望五湖[8]原有宅，渊明三径未全荒。[9]

注释：

1 **梦隐楼：** 位于沧浪池之北，楼为歇山式屋顶，上有外廊围栏，因登楼可见苏州城外西南诸山，故图有高山。楼名因王献臣在九鲤湖祈梦得一"隐"字而名之。

2 **南直：** 南对面。

3 **廓外：** 即城外。廓：通郭。

4 **九鲤湖：** 在福建仙游县东北，传说汉武帝时，何氏兄弟在此炼丹济世，丹成跨鲤升仙，故而得名，其以祈梦灵验而著称。王献臣在永嘉任上，曾去九鲤湖乞梦，得一"隐"字，因而筑梦隐楼。据传唐寅（唐伯虎）亦曾祈梦九鲤湖，梦中九鲤仙赠他墨锭一万条，后在桃花坞筑有梦墨亭。

5 **戴颙**（378～441年）**：** 字仲若，东晋谯郡铚地（今安徽宿县西南）人，徙居会稽剡县（桐庐）。后桐庐僻远，难以养疾，乃出居吴下（苏州）。"吴下士人共为筑室，聚石引水，植林开涧，少时繁密，有若自然。"父载逵、兄戴勃都是隐士，有很高的名望。

6 **林泉：** 原指山林、泉石，故常喻隐居退隐之地。

7 **旋：** 不久，很快。儗退藏：打算归隐的意思。儗：准备，打算。退藏：辞官引退，藏身不用。

8 **五湖：** 太湖的别称，或太湖及其附近的湖泊。太湖古称震泽、具区、笠泽等。陆龟蒙曾居甫里（今苏州甪直镇）。

9 **渊明：** 陶渊明（365～427年），名潜，字符亮、渊明，号五柳先生，晋浔阳柴桑（今江西九江）人。陶潜《归去来辞》："三径就荒，松菊犹存。"三径：西汉王莽专权时，兖州刺史蒋诩辞官回乡，于院中辟三径，唯与求仲、羊仲来往，后多以三径指退隐家园。

枕中已悟功名幻，[10]壶里谁知日月长。[11]
回首帝京[12]何处是？倚栏惟见暮山苍。

10 **枕中：**即黄粱美梦（亦称邯郸梦），以喻虚幻之事。唐沈既济《枕中记》故事：卢生在邯郸客店中遇道士吕翁，用其所授瓷枕，睡梦中历数十年富贵荣华。及醒，店主炊黄粱未熟。

11 **壶里：**《后汉书·方术传》说，费长房见一卖药老翁总悬一壶于肆，市罢就跳入壶中，后老翁带他同入壶中，“唯见玉堂严丽，旨酒甘肴盈衍其中”。后常指悠闲清静的无为生活。李白《下途归石门旧居》：“何当脱屣谢时去，壶中别有日月天。”

12 **帝京：**指明朝北都北京，王献臣曾任御史等职。

梦隐楼在沧浪池上，南对着若墅堂，登上梦隐楼的高处，可以望见苏州城外的诸多名山。园主曾经到九鲤湖乞梦，梦中得到了一个“隐”字。等到购得这块土地，原来是戴颙、陆龟蒙的故居，于是就建楼以示纪念。

梦中的那片山水已是模糊不清，
随即建起那高楼打算引退藏身。
陆龟蒙在五湖原来就有那旧宅，
陶渊明还有那尚未全荒的三径。
功名利禄原本就是一枕黄粱梦，
悠闲的隐居生活谁知人生几旬。
回首往事哪里才是帝王的京都？
倚栏远眺暮色中只有远山隐隐。

五、繁香坞

繁香塢

在若墅堂之前，雜植牡丹、芍藥、丹桂、海棠、紫瑤諸花。孟宗獻詩云：浮花小蕊嫩香堆。

雜植名花傍草堂，紫蕤丹艷漫成行。
春光爛熳千機錦，淑氣薰蒸百和香。
自愛芳菲滿懷袖，不教風露濕衣裳。
高情已在繁華外，靜看游蜂上下狂。

繁香坞[1]在若墅堂之前，杂植牡丹、芍药、丹桂、海棠、紫璚[2]诸花。孟宗献诗云："从君小筑繁香坞[3]。"

注释：

1 **繁香坞：** 为若墅堂之前种植各种花木的花坞。周边地势较高者称坞。

2 **牡丹：** 牡丹（*Paeonia suffruticosa* Andr.）为芍药科芍药属落叶灌木，花大而单生于枝条的顶端，有单瓣、重瓣之分，花色各异，花开于谷雨前后，有"谷雨三朝看牡丹"的习俗。《长物志》云："牡丹称花王，芍药称花相，俱花中贵裔。"园林中常以文石为台，植以赏玩。芍药（*Paeonia lactiflora* Pall.）则是牡丹同科同属的宿根草本植物，花期比牡丹晚，开于暮春季节，网师园殿春簃原以种植芍药而闻名，故取自苏东坡"尚留芍药殿春风"句意而名之。丹桂（*Osmanthus fragrans* cv. Aurantiacus）是一种开橘红色或橙黄色花的桂花，这里应是泛指桂花。桂花亦称木樨、岩桂等，有金桂、银桂、丹桂、四季桂之分，中秋时节，蕊如金粟，香溢四方，清代李渔称其为"树乃月中之树，香亦天上之香也"。海棠：种类不一，草本者如秋海棠（Begoniaceae）之类，木本者园林中常见的有垂丝海棠（*Malus halliana*（Voss）Koehne）、西府海棠（*M. x micromalus Makino*）等蔷薇科苹果属落叶小乔木，春季花色鲜红，有色无香，西晋石崇曾叹曰："若使海棠能香，当铸金屋以藏。"张爱玲则在《红楼梦魇》中把《红楼（梦）》未完和鲥鱼多刺、海棠无香并列为"三大恨事"。苏州园林中常以玉兰、海棠、牡丹、桂花相配，美其名曰"玉堂富贵"。紫璚：疑即榉树。璚：赤玉，后也指白玉，同琼。《广群芳谱》引《荆溪疏》："琼树，榉柳也。民以独孤常州诗得名。臃肿轮囷，空腹半死，枝叶尚扶疏，垂藤其上如斗。"独孤及（725~777年），字至之，唐代古文学家，因做过常州刺史，故也称独孤常州。文徵明《玉女潭山居》："凝玉（亭）之南，古榉一株，根柯郁蟠，礧魄如石，独孤及诗所谓'日日红璚树'者，即此。其下湍濑潆洄，与树映带，曰璚树湍。"然独孤及《得李滁州书以玉潭庄见托，因书春思，以诗代答》是："日日思琼树，书书话玉潭。"大约记忆有误。榉树（*Zelkova schneideriana* Hand.-Mazz）为榆科榉树属落叶乔木，树形优美，枝叶细密，秋叶红褐，常配植于庭院之中，"种榉"与"中举"谐音，以求吉利。

3 **孟宗献**（1130~1180年）**：** 字友之、伯仁，号虚静居士，金代开封人，因连赴县试、府试、省试、廷试，皆得第一，名声播于朝野，被时人称为"孟四元"。其《苏门花坞》诗云："绕舍云山慰眼新，看花差后洛阳尘。从君小筑繁香坞，不负长腰玉粒春。"

杂植名花傍草堂，紫蕤丹艳漫成行。[4]
春光烂熳千机锦，[5]淑气熏蒸百和香。[6]
自爱芳菲[7]满怀袖，不叫风露湿衣裳。
高情[8]已在繁华外，静看游蜂上下狂。[9]

4 **蕤：**花下垂的样子，泛指花。苏轼《南乡子》：“争抱寒柯看玉蕤。”漫：没有限制，随意。

5 **千机锦：**如千台织锦机织出的锦绣。锦：指色彩鲜艳华丽。宋末卫宗武《初春次文友韵》：“看看地列千机锦，冉冉风传百和香。”

6 **淑气：**温和的春气。淑：美，美好。百和香：指由繁香坞诸花和合之香。古人在室中燃香，取其芳香除秽，为使香味浓郁经久，又选择多种香料加以配制，称为百和香，《古诗》：“博山炉中百和香，郁金苏合与都梁。”

7 **芳菲：**花草香美的样子。白居易《大林寺桃花》：“人间四月芳菲尽，山寺桃花始盛开。”

8 **高情：**高隐超然物外之情。晋孙绰《游天台山赋》：“释域中之常恋，畅超然之高情。”

9 **游蜂：**飞来飞去的蜜蜂。狂：纵情恣意。全句意为：人已超然于繁华之外，静观世人的纵情恣意。

繁香坞在若墅堂的前面，夹杂栽种着牡丹、芍药、丹桂、海棠、紫瑶等花木。孟宗献有诗云：“从君小筑繁香坞。”

若墅堂前杂植着各种名花，
艳丽的紫蕤红花随意成行。
烂漫的春光像那千台锦机，
织出的锦绣糅合着百花香。
自然就爱怜那盈袖的芳菲，
不让那风和露沾湿了衣裳。
高逸的情怀超然于繁华外，
静看着游蜂花间上下癫狂。

六、小沧浪

園有積水橫亘數畝類蘇子美滄浪池因築亭其中曰小滄浪昔子美自汴都從吳君亦還自北都蹤蹟相似故襲其名

偶傍滄浪構小亭依然綠水遶虛楹豈無風月供垂釣亦有兒童唱濯纓滿地江湖聊寄興百年魚鳥已忘情舜欽已矣杜陵遠一段幽蹤誰與爭

园有积水，横亘[1]数亩，类苏子美[2]沧浪池，因筑亭其中，曰小沧浪。[3]昔子美自汴都徙吴[4]，君亦还自北都[5]，踪迹相似，故袭其名。

偶傍沧浪构小亭，依然绿水绕虚楹。[6]

岂无风月供垂钓，亦有儿童唱濯缨。[7]

注释：

1 **横亘：**绵延横陈之意。唐王昌龄《出郴山口寄张十一》："石脉尽横亘，潜潭何时流。"

2 **苏子美：**苏舜钦（1008～1048年），字子美，北宋梓州铜山（今四川中江）人，自曾祖始迁居开封（今属河南），景祐进士，曾被范仲淹荐为大理寺评事、集贤殿校理。后为权贵所忌，被除职为民，罢职后闲居苏州。后来复起为湖州长史，不久病故。庆历五年（1045年）筑沧浪亭，自号沧浪翁。诗与梅尧臣齐名，人称"苏梅"。有《苏学士文集》。

3 **小沧浪：**因仿学苏舜钦沧浪亭园景而名。北宋庆历四年（1044年），苏舜钦罢官为民，扁舟南游，于次年移居苏州，见郡学东"草树郁然，崇水广水"，便买下筑沧浪亭。

4 **汴都：**北宋都城汴梁（今河南开封）。徙吴：迁移到苏州。徙：迁移。

5 **北都：**指明朝都城北京。明成祖朱棣迁都北京后，南京为南都，北京则称北都。

6 **虚：**空，空透。虚楹：指水边亭榭类建筑一半筑于水中的石梁柱。杜甫《陪郑广文游何将军山林十首（之一）》："名园依绿水，野竹上青霄。"文徵明《饮王敬止园池》："篱落青红径路斜，叩门欣得野人家。东来渐觉无车马，春去依然有物华。坐爱名园依绿水，还怜乳燕蹴飞花。淹留未怪归来晚，缺月纤纤映白沙。"

7 **濯缨：**濯：洗涤。缨："缨，冠系也。"（《说文》）《孟子·离娄》："有孺子歌曰：'沧浪之水清兮，可以濯我缨；沧浪之水浊兮，可以濯我足。'"孺子：儿童、小孩子。

8 **满地：**到处。江湖：江河湖泊，常指隐居之处。《庄子·大宗师》："相呴以湿，相濡以沫，不如相忘于江湖。"聊：姑且，暂且。

满地江湖聊[8]寄兴，百年鱼鸟已忘情。[9]
舜钦已矣杜陵远，[10]一段幽踪[11]谁与争。

9 **鱼鸟：**常泛指隐逸之景物。《隋书·隐逸传序》：“狎玩鱼鸟，左右琴书。”宋释文珦《闲身》：“鱼鸟亦忘情，何如在濠濮。”

10 **已矣：**完了，逝去。杜陵：杜甫（712～770年），字子美，因曾居长安城南的少陵，故自号少陵野老，一号杜陵野老、杜陵布衣，世称杜少陵，杜工部。诗与李白齐名，世称“李杜”。

11 **幽踪：**归隐的意思。明汪挺《朱太守鹤州草堂落成同诸公宴集》：“敢谓幽踪希二仲，深烦折简费将迎。”二仲：即汉代羊仲、裘仲。

园中有积水，绵延有数亩，环境与苏舜钦的沧浪亭相类似，于是便在池中筑亭子，称作“小沧浪”。以前苏舜钦从北宋都城汴梁迁徙到吴地，拙政园主人也是从北边的都城（北京）回来的，踪迹相似，所以便沿用了这个名称。

同样在沧浪池边构筑起了一座小亭，
依旧有一泓碧水环绕着水中的梁柱。
怎么会没有清风明月来伴你垂钓呢?
照样还有稚童吟唱的沧浪濯缨歌曲。
到处都有江湖可以寄托情怀与兴致，
百年后的鱼鸟早已没有了那份喜怒。
苏舜钦杜少陵都已经离我们而远去，
他们留下的归隐遗踪还有谁能为伍?

七、芙蓉隈

芙蓉隈在坤隅

臨水

林塘秋晚思寥寥
雨浥紅蕖淡玉標
出水最憐新句好
涉江無奈美人遙

芙蓉隈[1]在坤隅，[2]临水。
林塘[3]秋晚思寥寥，[4]雨浥红渠[5]淡玉标。[6]
出水最怜新句好，[7]涉江无奈美人遥。[8]

注释：

1 **芙蓉隈：**芙蓉：指木芙蓉，隈：山水弯曲处。《记》：“逾小飞虹而北，循水西行，岸多木芙蓉，曰芙蓉隈。”木芙蓉（*Hibiscus mutabilis* L.）又名芙蓉花、拒霜花，为锦葵科木槿属落叶灌木或小乔木，晚秋开花，花大，白或淡红色，一日三变者称醉芙蓉。《长物志》：“芙蓉宜植池岸，临水为佳。”故有“照水芙蓉”之称。

2 **坤隅：**西南方。

3 **林塘：**树林池塘。唐骆宾王《萤火赋》：“林塘改夏，云物迎秋。”

4 **秋晚：**深秋。唐韦应物《赠王侍御》诗：“上阳秋晚萧萧雨，洛水寒来夜夜声。”寥寥：空虚、寂寞的样子。

5 **雨浥红渠：**雨水湿润了芙蓉。浥：湿润。红渠：芙蓉。

6 **玉标：**原指玉饰的剑柄，梁吴均《边城将》之二：“玉标丹霞剑，金络艳光马。”这里指木芙蓉雨润后似玉标一般。

7 **新句：**诗文中清新优美的语句。唐张籍《使回留别襄阳李司空》诗：“回首吟新句，霜云满楚城。”李白《经乱离后天恩流夜郎，忆旧游书怀赠江夏韦太守良宰》：“清水出芙蓉，天然去雕饰。”

8 **涉：**趟水过河。《古诗十九首》：“涉江采芙蓉，兰泽多芳草。”全句意为：想踏过江水去采芙蓉，无奈隔着江水很遥远。

芙蓉隈在拙政园的西南方，临水。
深秋树林边的池塘让人思绪茫茫，
被雨水湿润的芙蕖似那淡淡玉柄。
最爱清水出芙蓉的优美清新诗句，
踏过江水采芙蓉呀无奈遥远难行。

八、意远台

意遠臺在滄浪亭北，高可以覽。義訓云：登高使人意遠。

閒登萬里臺曠然然心目清木落秋更遠長江天際來白雲度永合日暮從縱橫

意远台[1]在沧浪西北，高可丈寻。[2]
《义训》云："登高使人意远。[3]"
闲登万里台，旷然心目清。[4]
木落[5]秋更远，长江天际明。[6]
白云渡水去，日暮山纵横。

注释：

1 **意远台：**意远：指胸怀旷达，意趣超逸。北周庾信《谢赵王示新诗启》："落落词高，飘飘意远。"《记》："东岸积土为台，曰意远台。"

2 **寻：**古代八尺为一寻；十尺为一丈。意为台高在一丈左右。

3 **义训：**为训诂学术语，是一种相对于形训、声训而言的训释方法。《文选》李善注："顾子（恺之）曰：'登高使人意遐，临深使人志清。'"

4 **心目：**心和眼，指内心。旷然：豁达、开朗的样子。三国魏嵇康《养生论》："旷然无忧患，寂然无思虑。"

5 **木落：**树叶凋落。左思《蜀都赋》："木落南翔，冰泮北徂。"

6 **天际：**远远望去天地交接的地方。

意远台在小沧浪西北面，台高一丈左右。《义训》云：“登上高处让人胸怀旷达”。

悠闲地登上那万里高台，

顿觉胸怀旷达呀神气爽。

望着那潇潇落木秋意浓，

长江的远处天色接水光。

悠悠的白云呀飘过水面，

傍晚时分的远山影叠嶂。

九、钓碧

钓䂬在意远台下

六

白石净无尘
平临野水津
坐看丝袅袅
静爱玉粼粼
得意江湖远
忘机鸥鹭驯
须知演纶者
不是羡鱼人

钓䂬[1]在意远台下。

白石[2]净无尘，平临野水津。[3]

坐看丝袅袅，[4]静爱玉粼粼。[5]

得意江湖[6]远，忘机鸥鹭驯。[7]

须知缜纶[8]者，不是羡鱼人。[9]

注释：

1 **钓䂬：**可坐而钓鱼的地方（岩石）。䂬：水边大石。《记》：“（意远）台之下，植石为矶，可坐而渔，曰钓䂬。”矶：即突出江边的岩石。

2 **白石：**洁白的石头。《诗·唐风·扬之水》：“白石凿凿。”

3 **津：**渡口。

4 **丝袅袅：**指柳枝袅袅，钓䂬对面为柳隈。袅袅：细长柔美的样子。

5 **玉：**比喻色泽晶莹如玉的碧水。粼粼：水石明净的样子。方岳《江神子》：“碧壶谁贮玉粼粼。醉香茵。晚风频。”

6 **江湖：**见“小沧浪”注8。

7 **忘机：**为道家语，意即忘却计较、巧诈之心，自甘恬淡，与世无争。陆龟蒙《酬袭美夏首病愈见招次韵》：“除却伴谈秋水外，野鸥何处更忘机。”鸥鹭：《列子·黄帝篇》记载有人与群鸥相嬉的传说，因此古人常以“鸥盟”或“盟鸥”隐喻有退居林泉之想，如辛弃疾《水调歌头·壬子三山被召》：“富贵非吾事，归与白鸥盟。”驯：泛指顺服。

8 **缜纶：**起草诰命，指朝廷高官，即治理天下的人。缜：长，衍。纶：古代官吏系印用的青丝带。《礼记·缁衣》：“王言如丝，其出如纶。”

9 **羡：**贪求，希望得到。羡鱼：比喻空存想望。《淮南子·说林训》：“临河而羡鱼，不如归家织网。”

钓碧在意远台下面。

纤尘不染的洁净水矶石头，
静挨在那原野的水边渡口。
闲坐着欣赏那依依的弱柳，
粼粼碧水你可静静地享受。
得意的是处在遥远的江湖，
无忧无虑地与那鸥鹭为友。
应该知道那些朝廷的命官，
不过是一些空存想望之徒。

十、水花池

水華池在西北
隅中有紅白蓮
方池涵碧落菡萏
在中洲誰唱田田
葉還生渺渺愁儂
姿淨如拭野色淡
於秋一片橫塘意
何當棹小舟

水华池[1]在西北隅，中有红、白莲。[2]

方池涵碧落，[3]菡萏在中洲。[4]

谁唱田田叶，[5]还生渺渺[6]愁。

仙姿净如拭，[7]野色[8]淡于秋。

一片横塘[9]意，何当棹小舟。[10]

注释：

1 **水华池：**华通花，荷花的别名。晋崔豹《古今注·草木》：“芙蓉，一名荷华，生池泽中，实曰莲。花之最秀异者，一名水芝，一名水花。”《记》：“水尽别疏小沼，植莲其中，曰水花池。”

2 **莲：**荷花。

3 **涵：**包含，蕴含。碧落：见“小飞虹”注7。

4 **菡萏：**荷花的别称，古人称未开的荷花为菡萏，即花苞。中洲：《楚辞·九歌·湘君》：“君不行兮夷犹，蹇谁留兮中洲。” 王逸注：“中洲，洲中也。水中可居者曰洲。”

5 **田田：**形容荷叶相连的样子，古乐府《江南曲》：“江南可采莲，莲叶何田田。”

6 **还：**更。渺渺：悠远茫茫的样子。

7 **仙姿：**形容荷花清雅脱俗的姿容。拭：揩，擦。《尔雅》：“拭，清也。”

8 **野色：**原野或郊野的景色。唐白居易《冀城北原作》诗：“野色何莽苍，秋声亦萧疏。”

9 **横塘：**在苏州西南的胥江、古运河和越来溪的汇合处，史称横塘古渡。北宋词人贺铸晚年退隐苏州，在横塘筑有小屋，作《青玉案·横塘路》，抒发怀才不遇的“闲愁”。

10 **何当：**何日，何时。唐李商隐《夜雨寄北》诗：“何当共剪西窗烛，却话巴山夜雨时。”棹：划（船）。

水华池在拙政园的西北角，池中植有红色和白色的荷花。

一方池塘漂浮着天光云影，
亭亭莲荷盛开在水之中央。
谁唱着“莲叶何田田”的歌谣?
悠远的乡愁更弥漫了心房。
清雅的仙姿宛如美人出浴，
淡然的景色可比秋野水乡。
横塘古渡一片梅子黄时雨，
何时扁舟一叶山水中徜徉。

十二、深静亭

深淨亭面水華池脩竹環匝境極幽深取杜詩云、綠陰雲荷萬柄翠雨竹千頭清景堪消夏涼聲獨佔秋不聞車馬過時有野人留睡起茶團飄青烟一縷浮

深静亭[1]面水华池，修竹环匝，[2]
境极幽深，取杜诗云云。
绿云荷万柄，[3]翠雨竹千头。
清景堪[4]消夏，凉声[5]独占秋。
不闻车马过，[6]时有野人[7]留。
睡起龙团熟，[8]青烟一缕浮。[9]

注释：

1 **深静亭：**《记》："池上美竹千挺，可以追凉，中为亭，曰净深。"亭名取自杜甫《陪诸贵公子丈八沟携妓纳凉，晚际遇雨》诗："竹深留客处，荷净纳凉时。"

2 **匝：**周，绕一圈。

3 **绿云：**喻竹之绿阴如云。荷：向上撑举。万柄：指万竿竹。

4 **堪：**足以，可以。

5 **凉声：**秋凉肃杀的声音。文徵明《冬夜》诗："凉声度竹风如雨，碎影摇窗月在松。"

6 **句出陶渊明《饮酒》之五：**"结庐在人境，而无车马喧。"

7 **野人：**士人自谦之称，借指隐逸者。宋王禹偁《题张处士溪居》："云里寒溪竹里桥，野人居处绝尘嚣。"

8 **睡起：**明末冯可宾《岕茶笺》称品茶的"十三宜"中第七为"睡起"。龙团：为茶名，亦称团茶，为宋代宫廷饮用的一种茶饼，上印有龙凤花纹，盘龙者称龙团。宋徽宗赵佶《大观茶论》："龙团凤饼，名冠天下。"熟：茶煮到可吃的程度。龙团茶须煎饮。

9 **青烟：**略带青色的气体，有时青烟也预示吉祥，如"祖宗的坟头冒青烟"即是大富大贵的标志。浮：飘浮，飘在空中。

深静亭面临水花池，四周修竹环绕，环境极为幽深，亭名取自杜甫的诗句。

万竿碧玉撑着片片绿云，

翠雨洒满了万千个竹头。

清丽的景色足可以消夏，

肃杀的竹声独占着凉秋。

听不到门前的车马喧嚣，

时常有隐居的高人居留。

睡醒起来煮熟的龙团茶，

一缕青烟恰在眼前漂浮。

十二、志清处

志清處在滄浪亭之南稍西背負脩竹有石磴下瞰平池淵深泓渟儼如湖澨義訓云臨深使人志清

愛此曲池清時來弄寒玉俯窺鑑須眉脫屨濯雙足落日下迴塘倒影寫脩竹微風一以搖青天散靈淥

志清处[1]在沧浪亭之南稍西，背负[2]修竹，
有石磴，下瞰[3]平池，
渊深浤渟，[4]俨如湖澨。[5]
《义训》云："临深使人志清。"
爱此曲池清，时来弄寒玉。[6]
俯窥鉴须眉，[7]脱履濯双足。[8]
落日下回塘，倒影写修竹。
微风一以摇，青天散瀶渌。[9]

注释：

1 **志清处：**《记》："经竹而西，出于水澨，有石可坐，可而濯，曰志清处。"

2 **背负：**背靠着，对着。

3 **下瞰：**俯视，从高处往下看。

4 **浤渟：**指积水深广而清澈。浤：古同"泓"，指水深而广。渟：水积聚而不流。

5 **俨：**很像。澨：水涯，水边。《楚辞·九歌·湘夫人》："夕济兮西澨。"

6 **寒玉：**指清冷的池水。

7 **窥：**观看。鉴：照看自己的形象。须眉：胡须和眉毛。

8 **履：**即鞋子。句出"沧浪之水浊兮，可以濯我足。"

9 **瀶：**同澪，亦作泠，清凉的样子，渌：清澈。全句意为：绿竹经风一吹，天空显得一片清澈。

志清处在沧浪亭的南面稍稍靠西的地方，背靠修竹，有石作磴道，向下看平池，水深而清澈，很像湖边。《义训》说："临近深水边让人意志清远。"

喜欢这一弯清澈的池水，

时常来这池边戏水玩赏。

似镜的池水低头照须眉，

脱履洗濯着双脚在池塘。

落日的余晖投射在碧水，

修竹的倒影画写在水上。

微风一吹池中的竹影摇，

顿觉得天空散布着清爽。

十三、柳隩

柳隩在水花池南

春深高柳翠烟迷

風約柔條拂水齊

不向長安管離別

綠陰都付曉鶯啼

柳隩[1] 在水花池南。

春深高柳[2]翠烟迷，风约柔条拂水齐。[3]

不向长安管离别，[4]绿阴都付晓莺啼。

注释：

1 **隩：**水滨的崖壁。《记》：“（志清处）水折而北，滉漾渺弥，望若湖泊，夹岸皆佳木，其西多柳，曰柳隩。”

2 **柳：**为杨柳科柳属植物，枝柔韧，叶狭长，春天开黄绿色花，种子有白色絮状物，成熟后随风飞散，主要种类有垂柳、旱柳、河柳等。这儿指垂柳（*Salix babylonica* L.），树枝细长而柔软下垂，常植于水边或堤岸处。

3 **约：**掠过，拂过。宋贺铸《踏莎行》词：“急雨收春，斜风约水。”清高鼎《村居》诗：“草长莺飞二月天，拂堤杨柳醉春烟。”

4 **长安：**今西安，古称长安。柳：柳、留谐音，古人分别时常以折柳表达依依惜别之情，刘禹锡《杨柳枝》：“长安陌上无穷树，唯有垂柳道离别。”

柳隩在水花池的南面。

暮春的长柳恰似青烟般迷漫，

春风掠过的柳枝轻拂着水面。

不要向长安去管折柳离别事，

柳荫都已交给了黄莺儿啼啭。

十四、待霜亭

待霜亭在坤隅傍植柑橘數本韋應物詩云洞庭須待滿林霜而右軍黃柑帖亦云霜未降未可多得

倚亭嘉樹玉離離照眼黃金子滿枝千里勤王苞貢後一年好景雨霜時向來屈傳曾留誦頌老去韋郎更有詩珍重主人偏賞識風情原許右軍知

待霜亭[1]在坤隅，傍植柑橘[2]数本。
韦应物[3]诗云："洞庭须待满林霜。"
而右军《黄柑帖》亦云：
"霜未降，未可多得。"[4]
倚亭佳树玉离离，[5]照眼黄金子满枝。[6]
千里勤王苞贡后，[7]一年好景雨霜时。[8]
向来屈傅曾留颂，[9]老去韦郎[10]更有诗。

注释：

1 **待霜亭：**在静深亭东，韦应物《答郑骑曹青橘绝句（一作故人重九日求橘书中）》："怜君卧病思新橘，试摘犹酸亦未黄。书后欲题三百颗，洞庭须待满林霜。"取此诗意而名。苏州郊外的洞庭东山、西山自古以来就盛产柑橘，柑橘入秋结实，初绿后黄，霜降后开始泛红，被称为洞庭红。

2 **柑橘：**柑橘（*Citrus reticulata* Blanco.）为芸香科柑橘属常绿小乔木，花白色，秋天果熟，橙黄或橙红。

3 **韦应物**（737~792？）**：**唐京兆长安（今陕西西安）人，早年尚豪侠，安史之乱后折节读书，历任滁州、江州、苏州等地刺史，世称韦苏州。

4 **右军：**即王羲之（303或 321~379年），字逸少，琅琊临沂（今山东临沂），后迁居会稽山阴（今浙江绍兴），官至右军将军，会稽内史等，人称王右军，其《黄柑帖》（现通称《奉橘帖》）："奉橘三百枚，霜未降，未可多得。"

5 **离离：**茂盛、繁密的样子。

6 **照眼黄金子满枝：**指金黄色的橘子满枝，显得光亮耀眼。

7 **勤王：**指为王事尽力。《晋书·谢安传》："夏禹勤王，手足胼胝。"苞贡：即向帝王进献佳果。苞：这儿指果子。唐高郢《水木有本源赋》："徒闻其移橙渡北，不能苞贡于王国。"洞庭山出的贡橘，用来进献帝王的。

8 **一年好景：**句出苏轼《赠刘景文》："一年好景君须记，最是橙黄橘绿时。"

9 **屈傅：**即屈原（约前339~约前278年），战国时期楚国人。傅：指辅相，屈原曾任楚国左徒兼三闾大夫（据说是掌管王族三姓事务的），《橘颂》是屈原的早年作品，通珍重主人偏赏识，风情[11]原许右军知。

过对橘树的赞颂而表现其人格和个性。

10 **韦郎：**即韦应物。

11 **风情：**泛指怀抱，意趣。《晋书·袁宏传》：“曾为咏史诗，是其风情所寄。”

待霜亭在拙政园的西南角，旁边种植柑橘数株。韦应物诗云：“洞庭须待满林霜。”而王羲之《黄柑帖》也说：“霜未降，未可多得。”

亭旁的柑橘繁盛茂密，

满眼的橘子黄金满枝。

千里为那帝王进献佳果，

一年的好景就在那雨打霜落时。

从前的屈原曾留有《橘颂》给人诵咏，

年老的韦应物更为那橘树作诗。

园林的主人呀特别赏识，

这样的风情，也许只有去问王羲之。

十五、怡颜处

怡顏處取陶詞眄庭柯以怡顏云

斜光下喬木睠此白日遲嫩人不可卽莫景聊自怡青簪拄杏髮莫詩讋風歘

怡颜处[1]取陶词"眄庭柯以怡颜"[2]云。

斜光下乔木，[3]睠此白日迟。[4]

美人不可即，[5]暮景聊自怡。[6]

青春在玄鬓，[7]莫待秋风吹。

注释：

1 **怡颜处：**《记》："自此（即听松风处）绕出梦隐楼之前，古木疏篁，可以憩息，曰怡颜处。"

2 **陶渊明《归去来辞》：**"引壶觞以自酌，眄庭柯以怡颜。"眄：斜视，这里指不经意地看。庭柯：庭院中的小树。怡颜：欢颜，高兴在脸上。怡：和悦，愉快。颜：容颜。

3 **斜光下乔木：**意指斜阳照在乔木上。

4 **睠：**顾念，留恋。白日：泛指时光。迟：晚。

5 **美人：**品德美好的人。《诗・邶风・简兮》："云谁之思，西方美人。"即：接近，靠近。

6 **聊：**姑且，勉强。自怡：自乐，自娱。唐张九龄《夏日奉使南海在道中作》诗："行李岂无苦，而我方自怡。"

7 **玄鬓：**黑色的鬓发，表示年轻，人老鬓先白。《淮南子・道应训》："深目而玄鬓，泪注而鸢肩。"

怡颜处取自陶渊明“眄庭柯以怡颜”一词。

斜阳已经照在了乔木上，

留恋这儿的时间已很长。

那位陶潜已经是不可近，

暮色的美景自娱可自赏。

青春就在乌黑的两鬓发，

莫待秋风吹染了两鬓霜，

十六、听松风处

聽松風處
在夢隱樓北，地多長松
疏松漱寒泉，山風滿清聽。空谷度飄雲，悠然落虛影。紅塵不到眼，白日相與永。彼美松間人，何似陶弘景。

听松风处[1]在梦隐楼北，地多长松。

疏松漱寒泉，[2]山风满清厅。

空谷度[3]飘云，悠然落虚影。

红尘不到眼，白日相与永。[4]

彼美松间人，[5]何似陶弘景。[6]

注释:

1 **听松风处:**《南史·隐逸传下·陶弘景》:“特爱松风，庭院皆植松，每闻其响，欣然为乐。”《记》:“出梦隐楼之后，长松数植，风至泠然有声，曰听松风处。”

2 **漱:** 饮，吸饮。晋刘伶《酒德颂》:“先生于是方捧罂承槽，衔杯漱醪。”

3 **空谷:** 空旷幽深的山谷。多指贤者隐居的地方。《诗·小雅·白驹》:“皎皎白驹，在彼空谷。”度：过，越过。

4 **永:** 长。杜甫《宿府》:“永夜角声悲自语，中天月色好谁看？”

5 **彼:** 那，那个。美人：指品德美好的人。《诗·邶风·简兮》:“云谁之思，西方美人。”

6 **何似:** 恍惚，好像是。陶弘景（456～536年）：字通明，南朝梁时丹阳秣陵（今江苏南京）人，著名的医药家、炼丹家，有“山中宰相”之称，谥号贞白先生，有《神农本草经集注》等传世。全句意为：那个松间的高人，怎么好似陶弘景呀。

听松风处在梦隐楼的北面，地上长了很多高大的松树。

疏朗的松树吸吮着清泉，

山野的松风吹满了堂厅。

空旷的山谷里漂过白云，

只落下几抹悠然的云影。

眼里看不到红尘的繁华，

日子才会过得长久安宁。

那个站立在松间的高人，

怎么好像就是那陶弘景。

十七、来禽囿

来禽囿沧浪池
南北杂植林檎
数百本

清阴十亩夏扶疏
正是长林果熟初
珍重筠笼分赠处
小窗亲搨右军书

来禽囿[1]沧浪池南，北杂植林檎[2]数百本。
清阴十亩夏扶疏，[3]正是长林[4]果熟初。
珍重筠笼[5]分赠处，小窗亲搨[6]右军书。

注释：

1 **来禽囿：**种植林檎的园圃。《说文》：“囿，苑有垣也。”《记》：“（怡颜处）又前，循水而东，果林弥望，曰来禽囿。”

2 **林檎：**即花红（*Malus asiatica* Nakal.）为蔷薇科苹果属小乔木，春天开花，花色粉红，后转白。《花境》：“林檎一名来禽，因其能来众鸟于林”，故而得名。

3 **清阴：**清凉的树阴。晋陶潜《归鸟诗》：“顾俦相鸣，景庇清阴。”扶疏：枝叶繁茂，高低疏密有致。

4 **长林：**高大的树林，也常指隐逸者的居处。三国魏嵇康《琴赋》：“涉兰圃，登重基。背长林，翳华芝。”

5 **珍重：**重视，爱惜。筠笼：指竹篮之类盛器。杜甫《野人送朱樱》：“西蜀樱桃也自红，野人相赠满筠笼。”分赠：馈赠礼品。唐徐夤《谢尚书惠腊面茶》诗：“分赠恩深知最异，晚铛宜煮北山泉。”

6 **搨：**通拓。拓：拓印，在刻铸有文字或图像的器物上蒙一层纸，捶打后使凹凸分明，涂上墨，显出文字图像来。

来禽囿在沧浪池的南面，囿的北面杂植了几百棵林檎树。

夏日里枝叶扶疏的十亩清凉树阴，

正是高大的林檎果子初熟的时候。

珍惜那份用筐分好了馈赠的情意，

小窗边亲拓王羲之的书法作回复。

十八、玫瑰柴

玫瑰柴帀與直亭植玫瑰花

名花萬里來植我東山曲曉雨散春林濃香浸紅玉

玫瑰柴[1]匝[2]得真亭，植玫瑰花。

名花万里来，植我墙东曲。[3]

晓雨散春林，浓香浸红玉。[4]

注释：

1 **玫瑰柴：** 玫瑰（*Rosa rugosa* Thunb.）又称刺玫花、徘徊花等，为蔷薇科蔷薇属灌木。花有白、红、紫等色，四、五月开花。柴：指篱落。

2 **匝：** 环绕，满的意思。

3 **曲：** 指转弯折角的墙角之处。

4 **浸：** 浸染，熏陶。红玉：比喻红色而有光泽的东西，古人常用来比喻美人肌色。这里指红色的玫瑰花。

得真亭周边是玫瑰柴，那里种植了很多玫瑰花。

万里外移来的名花玫瑰，
种植在园林东侧的墙湾。
清晨的春雨散洒着树林，
浓香浸染着红艳的花瓣。

十九、珍李坂

珍李坂在得真亭後，其地高阜，自燕移好李植其上。

珍李出上都，辛勤遠移植。卻笑王安豐，當年苦鑽核。

珍李坂[1]在得真亭后，其地高阜，[2]
自燕移好李，[3]植其上。
珍李出上都，[4]辛勤[5]远移植。
欲笑王安丰，[6]当年苦钻核。[7]

注释：

1 **珍李：**指品质好的李树。坂：山坡，斜坡。

2 **阜：**土山。《广雅·释丘》："无石曰阜。"

3 **燕：**周代诸侯国名，在今河北省北部和辽宁省西端一带，建都蓟（今北京），后常指北京。好李：珍贵的李树品种。好：许慎《说文》中有"好，美也"，引申为佳，优良。好李、珍李，均指品质好的李树。

4 **上都：**古代对京都的通称。此指北京。

5 **辛勤：**艰难。元董旭《题长江伟观图》诗："辛勤逾青城，愤怒脱黄牛。"

6 **欲：**要，须要。王安丰：王戎（234～305年），字浚冲，琅琊临沂（今山东临沂）人。晋"竹林七贤"之一。以功进安丰县侯，人称王安丰。

7 **苦：**苦苦，煞费苦心之意。钻核：王戎家的李树很好，卖李子时生怕别人会得到他家的李树种子，就把李核给钻个孔，使它不会发芽。《世说新语·俭啬》："王戎有好李，卖之，恐人得其种，恒钻其核。"

珍李坂在得真亭的后面，它地处高高的土山上，从燕京移来了珍贵的李树品种，就种植在山坡上。

珍贵的李子树来自北京，
远道移来是多么的艰辛。
可笑当年的那个王安丰，
李核上苦苦钻孔想独享。

二十、得真亭

得真亭在園之艮隅植四檜結亭取左太冲格隱詩竹柏淂其真之語為名

手植蒼官結小茨淂真
聊詠左冲詩支離雖枉
明堂用常得青々保四
時

得真亭[1]在园之艮隅，[2]植四桧[3]结亭，
取左太冲[4]《招隐》诗
“竹柏得其真”之语为名。
手植苍官结小茨，[5]得真[6]聊咏左冲诗。
支离虽枉明堂[7]用，常得青青保四时。[8]

注释:

1 **得真亭:** 在来禽囿东，《记》：“缚四桧为幄”，取左思《招隐》诗：“峭蒨青葱间，竹柏得其真。”而名。

2 **艮隅:** 东北方。

3 **桧:** 即桧柏，亦称圆柏（*Sabina chinensis*（L.）Antoine），为柏科圆柏属常绿乔木，枝条密生；叶具鳞叶及刺叶两种类型，终年翠绿。可缚扎成各种造型。

4 **左太冲:** 左思（约250～305年），字太冲，齐国临淄（今山东淄博）人，西晋著名文学家，以《三都赋》闻名于世，史载，三都赋成，造成“洛阳纸贵”，有《左太冲集》。

5 **苍官:** 松柏的别称。小茨：小茅屋。茨：用芦苇、茅草盖屋顶。

6 **得真:** 《荀子》：“桃李蒨粲于一时，时至而后杀。至于松柏，经隆冬而不凋，蒙霜雪而不变，可谓得其真矣。”

7 **支离:** 残缺而不中用的意思。《庄子·人间世》：“夫支离其形者，犹足以养其身，终其天年。”同时松树也称支离翁，元陆友《研北杂志》卷下：“（鲜于枢）于废圃中得怪松一株，移植所居旁，名之曰支离叟。”枉：违背之意。唐白居易《重赋》：“税外加一物，皆以枉法论。”明堂：古代帝王宣明政教、举行大典的地方。《孟子·梁惠王下》：“夫明堂者，王者之堂也。”

8 **常得青青保四时:** 意为可保一年四季常青。

得真亭在拙政园的东北方，种植了四株桧柏，交盖结亭，取左思《招隐》诗中“竹柏得其真”之意作为名字。

亲手栽种的桧柏结成小茅亭，
暂用左思的诗句竹柏得其真。
残缺的枝干虽不能作明堂用，
四季常青的松柏却能葆青春。

二十一、蔷薇径

薔薇徑在得真亭前

窈窕通幽一逕長
野人緣逕擷羣芳
不嫌朝露衣裳濕
自喜春風屐齒香

蔷薇径[1]在得真亭前。

窈窕[2]通幽一径长，野人[3]缘径[4]撷群芳。[5]

不嫌朝露[6]衣裳湿，自喜春风屐齿[7]香。

注释：

1 **蔷薇径：**蔷薇（*Rosa multiflora* Thunb.）为蔷薇科蔷薇属蔓性灌木，花有红、白、粉、黄等色，初夏开花，芳香清幽。径：小路。《记》说，得真亭前为玫瑰柴，“又前为蔷薇径”。

2 **窈窕：**幽深的样子。白居易《题西亭》：“直廊抵曲房，窈窕深且虚。”

3 **野人：**见深静亭注7。

4 **缘径：**沿着（蔷薇）小径。缘：沿，顺着。

5 **撷：**摘下，取下。宋陆游《东篱记》：“放翁日婆娑其间，掇其香以嗅，撷其颖以玩。”群芳：各种艳丽、芳香的花草。

6 **嫌：**怨，怨恨。《新唐书·尉迟敬德传》：“丈夫以气相许，小嫌不足置胸中。”朝露：清晨的露水。

7 **屐齿：**屐底的齿，泛指鞋。屐：古代人穿的木头鞋。宋司马光《和范景仁谢寄西游行记》之二：“缘苔蹑蔓知多少，千里归来屐齿苍。”

蔷薇径在得真亭的前面。

曲折的小径伸向那幽深的远方，

沿着小径园主采摘着各种花朵。

一点都不怨那晨露沾湿了衣裳，

自喜那春风把鞋底染了个香透。

二十二、桃花沜

桃花沜在小滄浪東折南夾岸植桃花時望若紅霞

種桃臨野水春搖樹交花時見流殘片當疑有隱家微波吹錦浪曉色映紅霞何必玄都觀山中自歲華

桃花沜[1]在小沧浪东，折南，[2]夹岸植桃，[3]花时望若红霞。

种桃临野水，春暖树交[4]花。

时见流残片，常疑有隐家。[5]

微波吹锦浪，[6]晓色涨[7]红霞。

何必玄都观，[8]山中自岁华。[9]

注释：

1 **桃花沜：**沜：通泮，水边，水岸。《旧唐书·王维传》记载王维辋川别业有芙蓉沜。

2 **折南：**再往南。折：反转，改变方向。杜牧《阿房宫赋》："骊山北构而西折。"

3 **桃：**桃花（*Prunus persica* （L.）Batsh）为蔷薇科李属小乔木，三四月开花，花色艳丽而丰富，常见者为红色，花时彩若红霞。

4 **交：**开始进入。

5 **隐家：**隐居的人家。陶渊明《桃花源记》："忽逢桃花林，夹岸数百步，中无杂树，芳草鲜美，落英缤纷。"

6 **锦浪：**因桃花花瓣洒满水面，微风一吹，水波泛红。

7 **晓色：**拂晓时的天色，晨曦。唐虞世南《和銮舆顿戏下》："银书含晓色，金辂转晨飙。"涨：充满，弥漫。《南史·陈武帝纪》："纵火烧栅，烟尘张天。"

8 **玄都观：**原名通道观，在长安崇业坊，后废。唐刘禹锡《玄都观桃花》："玄都观里桃千树，尽是刘郎去后栽。"

9 **岁华：**即年华，指一年中的好时节。这儿指玄都观的幽雅景色。

桃花沜在小沧浪的东边，再往南，两岸种植了桃花，开花时节远望，如同片片红霞。

野外的水边栽有桃树一片片，

春暖时节的树树桃花始吐艳。

时时看到落水的花瓣漂流出，

常常怀疑隐居的人家在里边。

轻风吹起的微微水波成红浪，

晨曦中的红霞染透了半边天。

山中自有那一年中的好时光，

欣赏这桃花何必要去玄都观?

二十三、湘筠坞

湘筠坞在桃花沜之南槐雨亭北修竹连亘境特幽迴

种竹连平冈冈回竹成坞盛夏已惊秋林深不知午中有遗世人琴樽自容与风来酒亦醒坐听潇潇雨

湘筠坞[1]在桃花沜之南，槐雨亭北，
修竹连亘，[2]境特幽迥。[3]
种竹连平冈，[4]冈回竹成坞。
盛夏已惊秋，[5]林深不知午。
中有遗世人，[6]琴樽[7]自容与。[8]
风来酒亦醒，坐听潇湘雨。[9]

注释：

1 **湘筠坞：**即由斑竹形成的山坞。湘筠：即湘竹，亦称湘妃竹、斑竹（*Phyllostachys bambussoides* cv.tanakae），为禾本科竹亚科刚竹属植物。传说尧之二女娥皇、女英嫁于舜，舜治水不归，二人便到湘江寻夫，闻舜已死，挥泪洒竹，即湘妃竹。《广韵》："筠，竹皮之美质也。"坞：四面高中间低凹的地方。

2 **连亘：**接连不断，绵延。明徐弘祖《徐霞客游记·滇游日记六》："丛木蒙茸，雪痕连亘，遂造其极。"

3 **幽迥：**深远的样子。《明史·隐逸传·倪瓒》："所居有阁曰'清閟'，幽迥绝尘。"迥：远。

4 **连：**连接，相连。冈：山脊。

5 **惊秋：**秋令蓦地来到。韦应物《府舍月游》："横河俱半落，泛露忽惊秋。"

6 **遗世人：**指脱离社会，不跟人往来的人。遗世：遗弃世间之事。宋苏轼《前赤壁赋》："飘飘乎如遗世独立，羽化而登仙。"

7 **琴樽：**亦作琴尊、琴罇，琴与酒樽为文士悠闲生活用具。樽：酒尊，酒杯。唐陈子昂《群公集毕氏林亭》："默语谁相识，琴罇寄此窗。"

8 **容与：**从容逍遥，安闲自得的样子。屈原《楚辞·九歌·湘夫人》："时不可兮骤得，聊逍遥兮容与。"

9 **坐：**《说文》："止也"，即停下来休息。潇湘雨：潇湘指湘江，《山海经·中山经》："澧沅之风交潇湘之浦。"潇湘一词因舜之二女寻夫，泪尽而死的凄美故事被后世文人广为引申，如词牌有《潇湘曲》，元曲有《潇湘夜雨》，琴曲有《潇湘风云》，《红楼梦》大观园里有潇湘馆等。

湘筠坞在桃花沜的南面，槐雨亭的北面，修竹连绵不断，环境特别幽静深远。

栽种的竹林连绵到了山冈，

回环的山冈便形成了竹坞。

即使是盛夏也蓦然似凉秋，

深深的林中已不觉是正午。

湘筠坞里有位遗世独立人，

抚琴饮酒逍遥只是自为伍。

竹林里的清风一吹酒醒来，

停下来静听着雨打湘妃竹。

二十四、槐幄

槐幄在槐雨亭西岸古槐一株蟠屈如翠蛟陰覆數弓

庭種宮槐已十圍密陰徑畝翠成帷夢回玄蟻爭穿穴未起青虫對吐絲

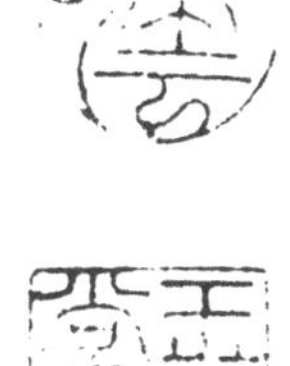

槐幄[1]在槐雨亭西岸，古槐[2]一株，
蟠屈如翠蛟，[3]阴覆数弓。[4]
庭种宫槐[5]已十围，密阴径亩翠成帷。[6]
梦回玄蚁争穿穴，[7]春尽青虫对吐丝。[8]

注释：

1 **槐幄：**即槐树枝叶茂密如篷帐一般。幄：帐幕。金蔡珪《简王温父昆仲》："荷钿小小半溪香，槐幄阴阴一亩凉。"《记》：在湘筠坞南"古槐一株，敷荫数弓，曰槐幄。"

2 **槐：**槐树（*Sophora japonica* Linn.）又称国槐、守宫槐等，为蝶形花科槐属落叶小乔木，小枝绿色，羽叶互生，花黄白色，初秋开花，荚果呈念珠状。在古代槐树是公卿的象征，同时也是怀念故人，决断诉讼的象征。

3 **蛟：**古代传说中一种能发洪水的似龙动物。

4 **弓：**古时五尺为一弓。

5 **宫槐：**即槐树，亦称守宫槐。

6 **径：**直径。帷：布帐，帐幔。

7 **唐李公佐《南柯太守传》故事：**淳于棼家有古槐，醉后梦至大槐安国，国王把公主嫁给他，并当了南柯太守。后出征失败，公主亦死，被遣回。醒后见老槐树下有个蚂蚁窝，所谓的南柯郡，只是槐树南枝下的蚁穴。后以"蚁梦"指梦境，或喻空幻。

8 **用"庄周梦蝶"典故：**庄子梦中变为蝴蝶，以为自己就是能够飞翔的蝴蝶，醒来后才知自己还是庄周（《庄子·齐物论》）。春尽夏初，青虫吐丝，羽化为蝶。唐徐夤《初夏戏题》："青虫也学庄周梦，化作南园蛱蝶飞。"

槐幄在槐雨亭的西岸，有古槐一株，盘曲的枝干好似翠绿的蛟龙，树阴覆盖几十尺。

庭栽的宫槐树大已十围，
数亩的浓阴茂密如帐幔。
梦中的南柯本是一蚁穴，
春去的青虫对着吐丝缕。

二十五、槐雨亭

槐雨亭在桃花沜之南
西臨竹澗榆欅竹栢所
植非一云槐雨者著君
所自號也

亭下高槐欲覆墻氣蒸寒
翠濕衣裳踈花靡靡流芳遠
清蔭垂垂世澤長八月文
塲懷往事三公勳業付諸
郎老来不作南柯夢獨自移
牀卧晚涼

槐雨亭[1]在桃花沜之南，西临竹涧，
榆槐竹柏，所植非一。
云槐雨者，着君所自号也。[2]
亭下高槐欲[3]覆墙，气蒸寒翠[4]湿衣裳。
疏花靡靡[5]流芳远，清荫垂垂世泽长。[6]
八月文场怀往事，[7]三公勋业[8]付诸郎。
老来不作南柯梦，[9]犹自移床卧晚凉。

注释：

1 **槐雨：**槐花开时，花飞如雨，如穿花蝴蝶般纷纷扬扬。《记》称由槐幄“逾杠（即小桥，独木桥）而东”，槐雨亭“翼然而临水上”，篁竹阴翳，榆槐蔽亏。

2 **着君所自号也：**王献臣，字敬止，自号槐雨。明弘治六年（1493年）进士，历任行人、御史、上杭县丞、永嘉知县等。正德年间，返居苏州建拙政园。

3 **欲：**将要，快要。唐李白《梦游天姥吟留别》：“云青青兮欲雨。”

4 **气蒸：**指暑气燠热。寒翠：指树木的冷翠之色。宋林逋《山村冬暮》：“雪竹低寒翠，风梅落晚香。”

5 **靡靡：**柔弱、下垂的样子。

6 **垂垂：**形容下垂。世泽长：即世泽绵长。世泽：指祖先的遗泽，主要指地位、权势、财产等。《孟子·离娄下》：“君子之泽，五世而斩。”清荫垂垂：亦有封建社会封妻荫子，世泽绵长之意。

7 **八月文场：**唐代赴长安赶考的举子，六月后落第者不回乡，多借居在京，习业作文，到七月再献上新的文章，称过夏，此时恰逢槐树开花，故有“槐花黄，举子忙”的谚语。明代乡试在秋季八月，故又称秋闱。乡试考中的称举人，俗称孝廉，第一名称解元。唐伯虎乡试第一，故称唐解元。怀：思念，想念。

8 **三公：**一指司马、司徒、司空，另则以太傅、太师、太保为三公。周代种三槐九棘，公卿大夫分坐其下，面对着三槐者为三公座位。后世在门前、院中栽植槐树，有祈望子孙位列三公之意。勋业：功业。

9 **南柯梦：**见“槐幄”注7。

槐雨亭在桃花沜的南面，西边面临竹涧，榆、槐、竹、柏，所栽植的树种不一。用槐雨来命名，因为这是园主人自己的名号。

亭旁的高槐将要覆盖了高墙，

暑热炎蒸着树冠湿透了衣裳。

柔柔疏朗的槐花远播着香气，

下垂的清荫似世泽那样绵长。

回忆起八月乡试的那段往事，

三公的功业也都留给了儿郎。

年华老去也不再做那南柯梦，

独自移个床榻在树下乘夜凉。

二十六、尔耳轩

爾耳軒在槐雨亭後吳俗喜疊石為山君特於盆盎置上水石植菖蒲水冬青以適興古語云未能免俗聊復爾耳

有拳者石弗象以巉上附灌莽下引寒有泉有泉涓涓白石齒齒登曰高深不遠伊邇言敞東廂睨假蘞棘君學于何惟宴以適青青者蒲被于象山崇云尊矣式宴以游君子于游匪物伊理古亦有言聊復爾耳豈不有營我心則勞載欣載遨以永逍遙

尔耳轩[1]在槐雨亭后。吴俗喜叠石为山，君特于盆盎置上水石，植菖蒲、水冬青[2]以适兴。[3]古语云："未能免俗，聊复尔耳。"

有拳者石，弗崇以岩，[4]
上列灌莽，[5]下引寒泉。
有泉涓涓，白石齿齿，[6]
岂曰高深，不远伊迩。[7]

注释：

1 **尔耳轩：**因有叠石适兴，故名。尔耳：《晋书·阮咸传》："（阮咸）答曰：未能免俗，聊复尔耳。"聊：姑且。尔：如此。耳：而已，罢了。尔耳即姑且如此而已。

2 **菖蒲：**指石菖蒲（*Acorus tatarinowii* Schott），系天南星科菖蒲属多年生宿根丛生草本植物，根状茎粗壮，贴岩隙生长，叶线形，喜生山涧溪流边。《礼记·月令篇》："冬至后，菖始生。菖百草之先生者也，于是始耕。"北魏郦道元《水经注·伊水》："石上菖蒲，一寸九节，为药最妙，服久化仙。"宋后常选作盆景植物。明王世懋《学圃杂疏》："菖蒲以九节为宝，以虎须为美，江西种为贵。"水冬青：即水蜡（*Ligustrum obtusifolium* Sieb. et Zucc.），为木樨科女贞属灌木，单叶对生，初夏开花，花白芳香。《花境》："又有一种水冬青，叶细而嫩，利于养蜡子，取白蜡。"

3 **适兴：**顺悦兴致，忘却忧虑。适：舒适，舒服。

4 **拳石：**拳状的小石块。弗：不，不要。崇：山大而高。

5 **灌莽：**丛生的草木。

6 **齿齿：**排列如齿状。

7 **伊：**文言助词，无实义。迩：近。

言敞东轩，睨彼丛棘，[8]
君子于何，惟晏以适。[9]
青青者蒲，被于崇丘，[10]
岁云暮矣，式晏以游。[11]
君子于游，匪物伊理，[12]
古亦有言，聊复尔耳。
岂不有营，我心则劳，[13]
载欣载遨，以永逍遥。[14]

8 **言：**语助词，无实义。《国风·周南·葛覃》：“言告师氏，言告言归。”敞：没有遮蔽。睨：斜着眼睛看。丛棘：棘树多刺，这里指矮小成丛的灌木。

9 **君子：**指人格高尚的人。于何：为何，如何。《诗·小雅·十月之交》：“此日而食，于何不臧？”于：语助词，无实义。晏：晚，迟；又通宴、安，又有宴饮游乐之意。

10 **蒲：**即菖蒲。被：覆盖。崇丘：高山。意为青青的菖蒲长满了山岩。

11 **岁云暮矣：**岁月流逝到了晚年。岁云：岁月，年纪。暮：晚间，在此形容晚年。杜甫《岁晏行》：“岁云暮矣多北风，潇湘洞庭白雪中。”式：句首助词，无实义。全句意为：岁月已晚，宴游为适。古人常有“昼短苦夜长，何不秉烛游”（《古诗十九首》）之慨。

12 **匪物伊理：**不是为了什么景物与情理。

13 **岂：**难道。有：词头，无实义。营：营生，活计。劳：慰劳，安慰；《广韵》：“劳，慰也。”意为：在盆盎之中叠石种草，也是一种营生，也可求得心灵的慰藉。

14 **载：**乃，于是，作为词缀常嵌在动词前边。晋·陶渊明《归去来兮辞》：“乃瞻衡宇，载欣载奔。”欣：快乐，喜悦。遨：游玩。逍遥：自由自在，不受拘束。

尔耳轩在槐雨亭的后面。吴地习俗喜欢叠石为山，王献臣特地在盆盎中布置了水石，石上种植菖蒲、水冬青等植物来遣兴。古话说："未能免俗，姑且如此而已。"

一块小小的拳头状的石头，
虽没有山岩那样高大峻险。
上面却生长着丛状的草木，
下面也引来了清冽的山泉。

那清冽的泉水缓缓地流淌，
尖齿状的山石洁白又崚嶒。
难道说山水一定要在高深，
近处的拳石也是别有风情。

开敞没有遮蔽的尔耳轩东，
张眼就能看到低矮的灌丛。
君子为什么会能成为君子?
就在于宴饮游乐身心放松。

那青青的菖蒲，

长满了高高的山丘。

岁月已经流逝，

还是趁晚宴饮优游。

君子的宴游，

并不在景物与情理。

古人早说过，

只是姑且如此而已。

难道这不也是一种营生?

我的心灵也可得到安慰。

于是一面欣喜一面遨游，

使得永久逍遥自我陶醉。

二十七、芭蕉槛

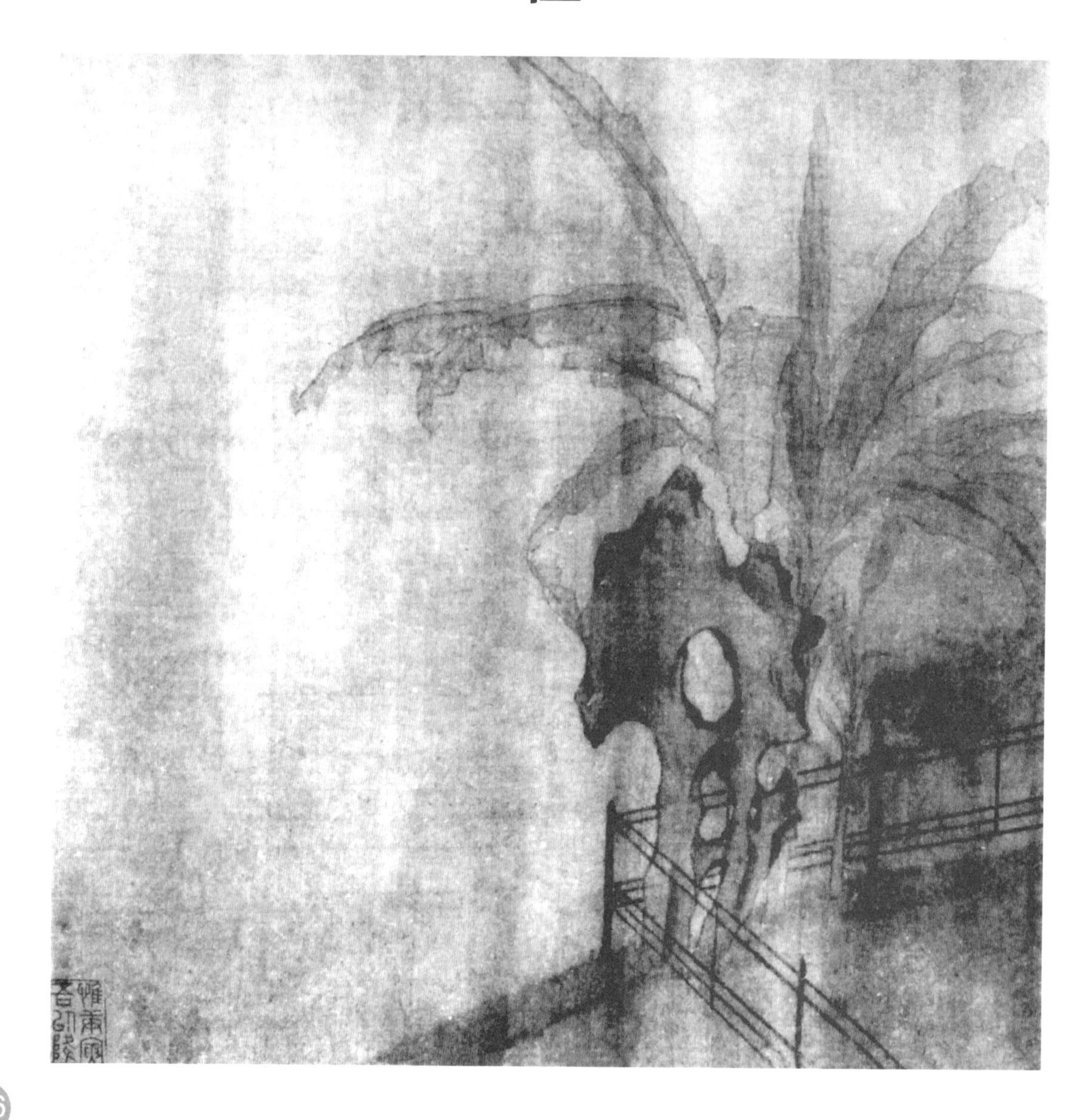

芭蕉檻在槐雨亭
之左

新蕉十尺彊得雨淨
如沐不嫌粉墻高雅
稱朱欄曲穐聲入枕
涼曉色分窗綠莫教
輕翦取留待陰連屋

芭蕉槛[1]在槐雨亭之左。

新蕉十尺强，[2]得雨净如沐。[3]

不嫌粉堵[4]高，雅称朱栏[5]曲。

秋声入枕飘，晓色分窗绿。

莫教轻剪取，留待阴连屋。

注释：

1 **芭蕉槛：** 芭蕉（*Musa basjoo* S.et Z.）为多年生草本植物，叶鞘卷叠成树干状，叶长椭圆形，穗状花序呈红褐色佛焰苞状，果实似香蕉。常栽于书窗前。杜牧《芭蕉》："芭蕉为雨移，故向窗前种。怜渠点滴声，留得归乡梦。"槛：栏杆。

2 **强：** 有余，略多于某数。

3 **沐：** 洗发，《说文》："沐，濯发也。"

4 **粉堵：** 即粉墙。堵：墙。

5 **雅：** 很，极，甚。《后汉书·窦皇后纪》："及见，雅以为美。"称：适合。朱栏：红漆的栏杆，或色彩斑斓画着图画的柱子，常指大户豪宅。

芭蕉槛在槐雨亭的左面。

新长的芭蕉高已一丈多，

洁净得就像被雨刚洗过。

不怨这里的粉墙高又高，

最适合栽在曲折朱栏处。

秋天的声音飘落到枕前，

染绿的晨曦透进了窗户。

不要轻易剪除这芭蕉叶，

留着它让那绿阴凉满屋。

二十八、竹涧

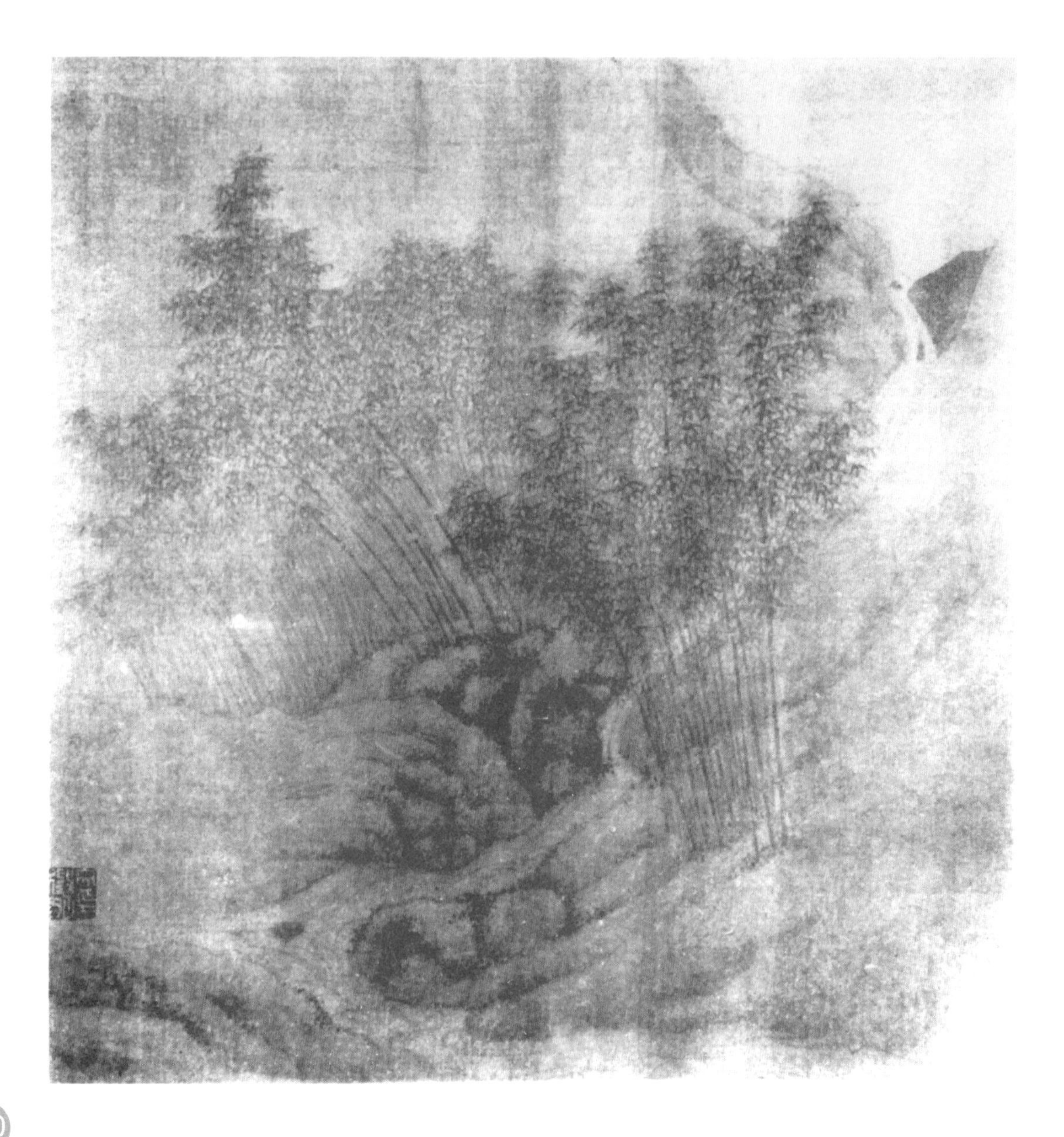

竹澗在瑤圃東夾
澗美竹千挺
夾水竹千頭雲深水
自流迴波漾寒玉清
吹雜鳴球短棹三湘
雨孤琴萬壑秋最憐
明月夜涼影共悠悠

竹涧[1]在瑶圃东，夹涧美竹千挺。[2]

夹水竹千头，云深水自流。

回波[3]漱寒玉，清吹杂鸣球。[4]

短棹[5]三湘雨，[6]孤琴[7]万壑秋。

最怜明月夜，凉影[8]共悠悠。

注释：

1 **涧：**两山之间的水沟。《记》：“自桃花沜而南，水流而细，至是伏流而南，逾百步，出于别圃丛竹之间，是为竹涧。”

2 **挺：**量词，常用于硬、直之物。《仪礼・乡礼酒礼》：“荐脯五挺。”

3 **回波：**水波回荡。《淮南子・本经训》：“嬴镂雕琢，诡文回波。”

4 **清吹：**清风。唐张乔《再题敬亭清越上人山房》诗：“石窗清吹入，河汉夜光流。”鸣球：指玉磬被撞击而发出的声音。鸣：鸟兽或昆虫叫声。球：指玉磬。明刘基《遣兴》：“艳艳霜林张绮缬，琤琤风叶落鸣球。”

5 **短棹：**指小船。棹：划船用的长桨，苏东坡《赤壁赋》：“桂棹兮兰桨。”

6 **三湘：**古人诗文中的三湘常泛指湘江流域。

7 **孤琴：**孤单的琴，也指独奏的琴声。唐徐仁友《古意赠孙翃》诗：“云日落广厦，莺花对孤琴。”

8 **凉影：**树木枝叶在月光下形成的阴影。文徵明《闲兴》之四：“坐久忽惊凉影动，一痕新月在梧桐。”

竹涧在瑶圃东面，围绕着竹涧有千竿修竹。

山涧两岸的翠竹千万竿，

白云深处的涧水汩汩流。

回荡的水波洗漱着寒玉，

清风中夹杂天籁声幽幽。

短棹轻舟呀潇湘雨蒙蒙，

孤独的琴声带来万壑秋。

最爱的是这朗朗明月夜，

与月光下的竹影共悠悠。

二十九、瑶圃

瑤圃在園之巽隅中植江梅百本花時燦若瑤華因取楚詞語為名

春風䰉樹森琳璆海月冷掛珊瑚鉤寒芒隨地失姑射幽梦落枕移羅浮羅浮不柰東風惡酒醒參横山月落千年秀句落西湖一笑閒情付東閣秪今勝事属君家開田種玉生琪孥瑤環瑜珥絲觸目琅玕玉樹相交加我来如升白銀闕綽約僊肌若氷雪彷彿蓬莱萬玉妃夜深下踏瑤臺月瑤臺亦圃隔壶天遠在滄瀛縹緲邊若為移得在塵世主人自是瓊林仙當年揮手謝京國手握寒英香沁骨萬里歸来抱雪霜歲寒心事存貞白嗚呼歲寒心事存貞白馮仗高樓莫吹笛

瑶圃[1]在园之巽隅，[2]中植江梅[3]百本，
花时灿若瑶华，[4]因取楚词语为名。
春风压树森琳璆，[5]海月冷挂珊瑚钩。[6]
寒芒堕地失姑射，[7]幽梦落枕移罗浮。[8]

注释：

1 **瑶圃：**指仙境。《楚辞·九章·涉江》："驾青虬兮骖白螭，吾与重华游兮瑶之圃。"《记》："竹涧之东，江梅百株，花时香雪烂然，望如瑶林玉树，曰瑶圃。"

2 **巽隅：**指东南角。

3 **江梅：**真梅系直枝梅类江梅型梅花，是梅花（*Prunus mume* S.et Z.）品系中较为原始的栽培类型，花开五瓣，花色为白、粉、红等，宋范成大《梅谱》："江梅，遗核野生、不经栽接者，又名直脚梅，或谓之野梅。凡山间水滨荒寒清绝之趣，皆此本也。花稍小而疎瘦有韵，香最清，实小而硬。"

4 **瑶华：**亦作瑶花，玉白色的花，借指仙花。《楚辞·九歌·大司命》："折疏麻兮瑶华，将以遗兮离居。"

5 **琳璆：**亦作琳球，玉器撞击发出的声音。琳：美玉。璆：古同球，美玉，亦指玉磬。

6 **珊瑚钩：**指屈曲的梅枝。《说文》："钩，曲也。"珊瑚：为热带浅海腔肠动物珊瑚虫群体或骨骼化石，形如树枝，宋萧德藻《古梅》："湘妃危立冻蛟背，海月冷挂珊瑚枝。"

7 **寒芒：**清冷的光芒，常指星光、月光等。姑射：为神仙或美人代称，这儿指梅花仙女。《庄子·逍遥游》："藐姑射之山，有神人居焉，肌肤若冰雪，绰约若处子。"此句用赵师雄夜游罗浮山，梦遇梅花仙女的典实。月落梦醒，仙女不知何处去，只有梅花依旧。

8 **幽梦：**隐约的梦境。罗浮：在广东东江，相传隋赵师雄在此梦遇梅花仙女，后多

罗浮不奈东风恶，酒醒参横[9]山月落。
千年秀句落西湖，一笑闲情付东阁。[10]
衹今胜事属君家，开田种玉生琪华。[11]
瑶环瑜珥[12]纷触目，琅玕玉树相交加。[13]
我来如升白银阙，[14]绰约[15]仙肌若冰雪。
仿佛蓬莱万玉妃，[16]夜深下踏瑶台[17]月。
瑶台玄圃隔壶天，[18]远在沧瀛缥渺[19]边。
若为移得在尘世，主人身是琼林[20]仙。

为咏梅典实，苏东坡有诗云：“罗浮山下梅花村，玉雪为骨冰为魂。”

9 **参横**：即参星横斜，指夜深，三国魏曹植《善哉行》：“月没参横，北斗阑干。”

10 **东阁**：泛指款待宾客的地方。

11 **衹今**：如今。韩愈《赠刘师服》：“衹今年才四十五，后日悬知渐莽卤。”琪华：仙境中的花草，其美如玉。琪：美玉。

12 **瑶环瑜珥**：瑶：美玉。环：玉圈。瑜：美玉。珥：玉制的耳饰。

13 **琅玕**：翠竹的美称。白居易《溢浦竹》：“剖劈青琅玕，家家盖墙屋。”玉树：指梅花。交加：指两种事物同时出现。竹涧和瑶圃相邻。

14 **白银阙**：指仙山楼阁，《史记·封禅书》说：海上蓬莱、方丈、瀛洲三神山“黄金银为宫阙”。

15 **绰约**：体态柔美的样子。

16 **玉妃**：比喻白梅花。皮日休《行次野梅》：“茑拂萝捎一树梅，玉妃无侣独裴回。”

17 **瑶台**：指传说中的神仙居处。晋王嘉《拾遗记·昆仑山》：“傍有瑶台十二，各广千步，皆五色玉为台基。”

18 **玄圃**：传说中昆仑山顶的神仙居处，黄帝有玄圃，亦作悬圃。壶天：与“壶中”（见梦隐楼注11）同义，指道家仙境。唐张乔《古观》：“洞水流花草，壶天闭雪春。”

19 **沧瀛**：沧海，大海。缥缈：隐隐约约，若隐若现。

20 **琼林**：亦作璚林，琼树之林，古人常以形容佛国、仙境的瑰丽景象。

当年挥手谢京国，[21]手握寒英[22]香沁骨。
万里归来抱雪霜，岁寒心事存贞白。[23]
呜呼！岁寒心事存贞白，
凭仗[24]高楼莫吹笛。

21 **谢：**告辞，告别。《史记·魏公子列传》："侯生视公子色终不变，乃谢客就车。"京城；国都。

22 **寒英：**指梅花。唐柳宗元《早梅》："寒英坐销落，何用慰远客。"

23 **心事：**心情，志趣。唐李贺《致酒行》："少年心事当拏云，谁念幽寒坐呜呃。"贞白：陶渊明，谥贞白先生。有守正清白之意，唐白居易《唐故溧水县令太原白府君墓志铭》："公为人温恭信厚，为官贞白严重，友于兄弟，慈于子侄。"

24 **凭仗：**倚仗，凭靠。唐刘元载妻《早梅》："南枝向暖北枝寒，一种春风有两般。凭仗高楼莫吹笛，大家留取倚阑干。"

瑶圃在拙政园的东南角，种植了几百株梅花，开花时灿烂若仙境，因此用了楚辞里的词语作为了名称。

春风吹压着梅林发出那翠玉声，
月挂梅枝就像海上明月落珊瑚。
月落星堕姑射仙子不知何处去，
幽梦中跟随着梅花仙子到罗浮。
罗浮山上忍受不了狂吹的东风，
酒醒只见参星横斜山月已西落。

千年的美好诗句都落在了西湖，
淡然的一笑闲情也付给了东阁。
如今的好事都属于园林主人家，
开种的梅树开出了如玉的花朵。
满眼看到的似美人耳边的玉坠，
青青翠竹和那梅花相映恰成趣。
我来到这就像走进了仙山琼阁，
绰约的梅花似那冰雪般的肌肤。
仿佛是蓬莱仙岛上的万千玉妃，
趁着那夜深轻踩着瑶台下莲步。
瑶台玄圃的壶天仙境虽然远隔，
远在沧海中的瀛洲也缥缈虚无。
如果将这幻景都移到红尘中来，
那园林的主人定是仙境中人物。
想想那当年曾经是挥手别京都，
为的是手握着梅花清香沁心骨。
万里归来也就是抱着那霜雪志，
岁寒时心存着陶潜守节的志趣。
唉！
岁寒时心存着陶潜守节的志趣，
凭倚着高楼莫用那笛儿去吹曲。

三十、嘉实亭

嘉實亭在瑤圃中取山谷古風江梅有嘉實之句因次山谷韻

高人夙尚志脫冠謝名場中心秉明潔皎然[illegible]月光有如江梅華枝槁心獨香人生貴適志何必身巖廊不見山木災犧牲縛得青黃所飢鼎中實不受時世嘗曾不如苦李全生衢路傍惻惻不忍圖悠悠心自傷

嘉实亭❶在瑶圃中，取山谷《古风》“江梅有嘉实”❷之句，因次山谷韵。

高人夙❸尚志，裂冠谢名场。❹

中心秉明洁，❺皎然❻秋月光。

有如江梅花，枝槁❼心独香。

人生贵适志，❽何必身岩廊。❾

注释：

1 **嘉实亭：**嘉实：佳美的果实。南朝梁丘迟《芳树诗》：“芳叶已漠漠，嘉实复离离。”《记》：“圃中有亭曰嘉实亭。”

2 **山谷：**黄庭坚(1045～1105年)，字鲁直，号山谷道人，晚号涪翁，洪州分宁（今江西修水）人。早年受知于苏轼，与张耒、晁补之、秦观并称“苏门四学士”。诗与苏轼并称“苏黄”，为江西诗派开山之祖。有《豫章黄先生文集》等行世。黄庭坚《古风·上苏子瞻》：“江梅有嘉实，托根桃李场。桃李终不言，朝露借恩光。孤芳忌皎洁，冰雪空自香。古来和鼎实，此物升庙廊。岁月坐成晚，烟雨青已黄。得升桃李盘，以远初见尝。终然不可口，掷弃官道旁。但使本根在，弃捐果何伤。”

3 **夙：**向来，素有的。

4 **裂冠：**比喻绝意仕进。《后汉书·逸民传序》：“汉室中微，王莽篡位，士之蕴藉义愤甚矣。是时裂冠毁冕，相携持而去之者，盖不可胜数。”名场：指追逐声名的官场。

5 **中心：**心中，《诗·王风·黍离》：“行迈靡靡，中心摇摇。”秉：保持，秉持。明洁：清白，高洁。南朝颜延之《祭屈原文》：“物忌坚芳，人讳明洁。”

6 **皎然：**明亮洁白。

7 **槁：**干枯，《庄子·齐物论》：“形固可使如槁木。”

8 **适志：**舒适自得的意思。《庄子·齐物论》：“昔者庄周梦为胡蝶，栩栩然胡蝶也，自喻适志与。”

9 **岩廊：**亦作岩郎，高峻的廊庑，常借指朝廷。杜甫《入衡州》：“中有古刺史，盛才冠岩廊。”

10 **山木：**山中的树木。《庄子·山木》：“庄子行于山中，见大木，枝叶盛茂。伐木者止其旁而不取也。问其故，曰：‘无所可用。’庄子曰：‘此木以不材得终其天年。’”

11 **牺罇：**亦作牺尊，古代的一种牺牛形酒器，背上开孔以盛酒；或说于尊腹刻画牛形。《诗·鲁颂·閟宫》：“白牡骍刚，牺尊将将。”漫：满，遍，到处都是。青黄：指四时之乐。《汉书·礼乐志》：“灵安留，吟青黄。”颜师古注：“青黄，谓四时之乐也。”

12 **鼎中实：**鼎中盛满了食物。周易鼎卦：“鼎有实”。鼎是古代统治者权力的象征，并用鼎养贤礼士。鼎有实，溢则凶。

不见山木灾,[10] 牺罇漫青黄。[11]
所以鼎中实,[12] 不受时世尝。
曾不如苦李,[13] 全生衢路[14] 旁。
恻恻不忍置,[15] 悠悠心自伤。

13 **曾**：苦李：王戎七岁时，和小朋友一块玩耍。看见路边李子压弯了李树，大家争着跑去摘李子，只有王戎没有，问他，就说："树在路边结了这么多李子，没人采摘，那一定是苦的。"摘下来一尝，真是这样的。（《世说新语·雅量》）

14 **全**：保全。唐杜甫《述怀》诗："几人全性命，尽室岂相偶。"衢路：大路。

15 **恻恻**：悲痛的样子，置：通植，《集韵》：树也。

嘉实亭在瑶圃之中，取自黄庭坚《古风》一诗中"江梅有嘉实"之句，于是依次用黄庭坚诗中的韵做诗。

品行高洁的人素来有志气，
绝意仕途呀远离那名利场。
心中保持着那份清白高洁，
就像秋天的月光皎洁明亮。
也像那野生的江梅花一样，
树枝虽已干枯心却留芳香。
人生贵在舒适自得有志向，
何必一定要身处在朝廷上。
山中不能用的树木无灾祸，
四时的快乐就弥漫在壶觞。
所以鼎中盛满的烹煮食物，
不受懂得世道的人去品尝。
简直还不如路边的苦李树，
保全在了那通衢的大路旁。
不忍心随意地栽种梅花了，
内心不免泛起隐隐的悲伤。

三十一、玉泉

京師香山有玉泉君嘗勺而甘之因號玉泉山人及是得泉於園之巽隅甘冽宜茗不減玉泉遂以為名示不忘也

曾勺香山水泠然玉一泓寧知隔瑤漢別有玉泉清脩綆和雲汲鉼沙帶月烹何須陸鴻漸一啜自分明

京师香山有玉泉，[1]君尝勺而甘之，[2]
因号玉泉山人。
及是得泉于园之巽隅，甘洌宜茗，[3]
不减玉泉，遂以为名，示不忘也。
曾勺香山水，冷然玉一泓。[4]
宁知隔瑶汉，[5]别有玉泉清。
修绠和云汲，[6]沙瓶带月烹。[7]
何须陆鸿渐，[8]一啜[9]自分明。

注释：

1 **香山：**北京西郊西山山岭之一，为京郊游览胜地。“玉泉垂虹”为元、明“燕京八景”之一，明邹缉《北京八景图》：“一在山之阳，泉自山而出，鸣若杂佩，色如素练，泓澂百顷。鉴形万象，莫可拟极。一在山之根，有泉涌出，其味甘冽。”

2 **尝勺而甘之：**曾经舀了一勺，味很甘甜。尝：曾经。勺：用勺舀水。

3 **甘冽：**（泉水）甘美清澄。宜茗：适宜泡茶。

4 **冷然：**形容凉爽，寒凉。《红楼梦》第六六回：“湘莲听了，冷然如寒冰侵骨。”泓：量词，指清水一片。清昭连《啸亭杂录·京师园亭》：“一泓清池，茅檐数椽，水木明瑟，地颇雅洁。”

5 **瑶汉：**瑶池银汉，代指天空。汉：即天河、银河。

6 **修绠：**汲水用的长绳。绠：汲水用的绳子，《荀子·荣辱》：“短绠不可以汲深井之泉。”和：连带。汲：从井里打水。

7 **沙瓶：**指陶瓶，盛水的容器。带月烹：在月下把水烧开了，用来泡茶喝。烹：煮、烧。

8 **陆鸿渐：**陆羽（733～804年），字鸿渐，唐复州竟陵（今湖北天门）人。自幼好学，性淡泊，因以《易》占得《渐》卦，云：“鸿渐于陆，其羽可用为仪。”而自名陆羽。着有《茶经》三卷，后人祀为茶神。

9 **啜：**饮，吃。《说文》：“啜，尝也。”分明：明确，清楚。

北京香山有口玉泉，王献臣曾经品尝过，觉得泉水非常甘甜，于是自号玉泉山人。等到在拙政园的东南角找到了一眼泉水，甘甜清冽，适宜泡茶，而不亚于玉泉，便以此为名，表示念念不忘那玉泉。

曾经品尝过香山的泉水，
就像那一泓冷玉寒侵骨。
谁都知道这瑶池银汉远，
哪知道另有玉泉清如许。
用那井绳把云水一块打，
月色下用只陶瓶把水煮。
何须请来那茶圣陆鸿渐，
一啜这泉水优劣自清楚。

【附录一】原书附录及题跋选

王氏拙政園記

槐雨先生王君敬止所居在郡城東北界婁齊門之間居多隙地有積水亘其中稍加濬治環以林木為重屋其陽為曰夢隱樓為堂其陰曰若墅堂堂之前為繁香塢其後為倚玉軒軒北直夢隱絕水為梁曰小飛虹踰小飛虹而北循水西行岸多木芙蓉曰芙蓉隈又西中流為榭曰小滄浪亭亭之南翳以脩竹經竹而西出於水澨有石可坐可俯而濯曰志清處至是水折而北滉漾渺瀰望若湖泊夾岸皆佳木其西多柳曰柳隩東岸積土為臺曰意遠臺臺之下植石為磯可坐而漁曰釣䂬遵釣䂬而北地益迥林木益深水益清駛水盡別疏小沼植蓮其中曰水花池池上美竹千挺可以追涼中為亭曰淨深循淨深而東柑橘數十本亭曰待霜又東出夢隱樓之後長松數植風至泠然有聲曰聽松風處自此繞出夢隱之前古木疏篁可以憩息曰怡顏處又前循水而東果林彌望曰來禽囿囿縛盡四檜為幄曰得真亭亭之後為珍李坂其前為玫瑰柴又前為薔薇徑至是水折而南夾岸植桃曰桃花沜沜之南為湘筠塢又南古槐一株敷蔭數弓曰槐幄其下跨水為杠踰杠而東篁竹陰翳榆槐蔽虧有亭翼然西臨水上者槐雨亭也亭之後為爾耳軒左為芭蕉檻凡諸亭檻臺榭皆因水為面勢自桃花沜而南水流漸細至是伏流而南踰百武出於別圃叢竹之間是為竹澗竹澗之東江梅百株花時香雪爛然望如瑤林玉樹曰瑤圃圃中有亭曰嘉實亭泉曰玉泉凡為堂一樓一為亭六軒檻池臺塢澗之屬

二十有三總三十有一名曰拙政園王君之言曰昔潘岳氏仕宦不達故築室種樹灌園鬻蔬曰此亦拙者之為政也余自筮仕抵今餘四十年同時之人或起家至八坐登三事而吾僅以一郡倅老退林下其為政殆有拙於岳者園所以識也雖然君於岳則有間矣君以進士高科仕為名法從直躬殉道非久被斥其後旋起旋躓迄擯不復其為人豈齪齪自守視時浮沉者哉岳雖漫為閒居之言而謟事時人至於望塵雅拜乾沒勢權終罹咎禍考其平生蓋終其身未嘗暫去官守以即其閒居之樂也豈惟岳哉古之名賢勝士固有有志於是而際會功名不能解脫又或升沉遷徙不獲遂志如岳者何限哉而君甫及強仕即解官家處所謂築室種樹灌園鬻蔬逍遙自得享閒居之樂者二十年於此矣究其所得雖古之高賢勝士亦或有所不逮也而何岳之足云所為區區以岳自況亦聊以宣其不達之志焉耳而其志之所樂固有在彼而不在此者是故高官膴仕人所慕樂而禍患攸伏造物者每消息其中使君得志一時而或橫罹災變其視末殺斯世而優游餘年果孰多少哉君子於此必有所擇矣徵明漫仕而歸雖蹤跡不同於君而潦倒末殺略相曹耦顧不得一畝之宮以寄其栖逸之志而獨有羨於君既取其園中景物悉為賦之而復為之記

嘉靖十二年歲在癸巳五月既望長洲文徵明著

王氏拙政园记

[明]文徵明

槐雨先生王君敬止所居，在郡城东北界娄、齐门[①]之间。居多隙地，有积水亘其中，稍加浚治，环以林木，为重屋其阳[②]，曰：“梦隐楼”；为堂其阴，曰：“若墅堂”。堂之前为“繁香坞”，其后为“倚玉轩”。轩北直“梦隐”，绝水为梁，曰：“小飞虹”。逾“小飞虹”而北，循水西行，岸多木芙蓉，曰：“芙蓉隈”。又西，中流为榭[③]，曰：“小沧浪亭”。亭之南，翳以修竹[④]。经竹而西，出于水澨，有石可坐，可俯而濯，曰：“志清处”。至是，水折而北，滉漾渺弥，望若湖泊，夹岸皆佳木，其西多柳，曰：“柳隩”。东岸积土为台[⑤]，曰：“意远台”。台之下植石为矶，可坐而渔，曰：“钓矶”。往北，地益迥[⑥]，林木益深，水益清驶[⑦]，水尽别疏小沼，植莲其中，曰：“水花池”。池上美竹千挺，可以追凉[⑧]，中为亭，曰：“净深”。循“净深”而东，柑橘数十本，亭曰：“待霜”。又东，出“梦隐楼”之后，长松数植，风至泠然有声，曰：“听松风处”。自此绕出“梦隐”之前，古木疏篁，可以憩息，曰：“怡颜处”。又前，循水而东，果林弥望[⑨]，曰：“来禽囿”。囿尽，缚四桧为幄，曰：“得真亭”。亭之后，为“珍李坂”，其前为“玫瑰柴”，又前为“蔷薇径”。至是，水折而南，夹岸植桃，曰：“桃花沜”。沜之南，为“湘筠坞”。又南，古槐一株，敷荫数弓，曰：“槐幄”。其下跨水为杠[⑩]，逾杠而东，篁竹阴翳，榆槐蔽亏，有亭翼然，西临水上者，“槐雨亭”也。亭之后为“尔耳轩”，左为“芭蕉槛”。凡诸亭槛台榭，皆因水为面势。自“桃花沜”而南，水流渐细，至是伏流[⑪]而南，逾百武[⑫]，出于别圃丛竹之间，是为“竹涧”。竹涧之东，江梅百株，花时香雪烂然，望如瑶林玉树，曰：“瑶圃”。圃中有亭，曰：“嘉实亭”，泉曰：“玉泉”。凡为堂一，楼一，为亭六，轩、槛、池、台、坞、涧之属二十有三，总三十有一，名曰：“拙政园”。

王君之言曰：“昔潘岳氏仕宦不达，故筑室种树，灌园鬻蔬，曰：‘此亦拙者之为政也。’余自筮仕抵今[⑬]，馀四十年，同时之人，或起家至八坐，登三事[⑭]，而吾仅以一郡倅，老退林下，其为政殆有拙于岳者，园所以识也[⑮]。”

虽然，君于岳则有间矣。君以进士高科，仕为名法从[⑯]，直躬殉道，非久被斥。其后旋起旋废，迄摈不复[⑰]，其为人岂龌龊自守、视时浮沉者哉？岳虽漫为“闲居”之言，而谄事时人，至于望尘雅拜，乾没势权[⑱]，终罹咎祸。考其平生，盖终其身未尝暂去官守以即其闲居之乐也。岂惟岳哉!古之名贤胜士，固有有志于是[19]，而际会功名[20]，不能解脱，又或升沉迁徙，不获遂志[21]，如岳者何限哉!而君甫及强仕[22]即解官家处，所谓筑室种树，灌园鬻蔬，逍遥自得，享闲居之乐者，二十年于此矣。究其所得，虽古之高贤胜士，抑或有所不逮也，而何岳之足云!所为区区以岳自况，亦聊以宣其不达之志焉耳！而其志之所乐，固有在彼而不在此者。是故高官膴仕，人所慕乐，而祸患攸伏，造物者每消息[23]其中，使君得志一时，而或横罹灾变，其视末杀斯世[24]，而优游余年，果孰多少[25]哉？君子于此，必有所择矣。徵明漫仕而归[26]，虽踪迹不同于君，而潦倒末杀，略相曹耦[27]，顾不得一亩之宫以寄其栖逸之志[28]，而独有羡于君，既取其园中景物悉为赋之，而复为之记。

嘉靖十二年岁在癸巳五月既望，长洲文徵明著。

注释：

① **娄门：**为苏州古城的东门，东面偏北。因秦代直通城外的娄县而得名。齐门：在苏州古城的北面东侧，因吴王阖闾大破齐国，以齐王女作为人质，而造齐门。拙政园位于苏州古城的东北，位于娄门和齐门之间。

② **重屋其阳：**屋顶分两层的房屋，即楼阁。梦隐楼在水池的北面，故称重屋其阳。

③ **中流为榭：**在沧浪池北岸的中段一带建造水榭。中流：指江河的中游；《南齐书·州郡志上》：“江州，镇寻阳，中流衿带。”

④ **翳以修竹：**种上修竹，以作屏蔽。翳：原指用羽毛做的华盖，引申为起到障蔽作用的东西。

⑤ **积土为台：**堆土而形成的高台。苏州早期园林假山大多以堆土为主。

⑥ **地益迥：**地势更加僻远。益：更加。迥：僻远。

⑦ **清驶：**指水清而流速快。唐韩愈《南溪始泛》诗之二：“南溪亦清驶，而无檝与舟。”

⑧ **追凉：**乘凉；纳凉。唐杜甫《羌村》诗之二：“忆昔好追凉，故绕池边树。”

⑨ **果林弥望：**满眼都是果林。弥：满；弥望：满眼。《汉书·元后传》：“大治第室，起土山渐台，洞门高廊阁道，连属弥望。”

⑩ **杠：**原指一种较粗的棍子，后引申为比较小的桥。

⑪ **伏流：**指在地下流动的水流。明徐弘祖《徐霞客游记·滇游日记十一》：“此处腾涌涧中，外至坞口，遂伏流不见。”

⑫ **逾百武：**即百步之外的意思。逾：超过。武：古以六尺为步，半步为武，

泛指脚步。《国语·周语下》：“夫目之察度也,不过步武尺寸之间。”

⑬ **筮仕抵今：**从开始做官到现在。筮仕：指初次入仕做官；宋王禹偁《感流亡》诗：“因思筮仕来，倏忽过十年。”

⑭ **八坐：**亦作八座，古代的八种高级官员，多指尚书之类高官。历朝制度不一，所指不同，如隋唐以六尚书、左右仆射及令为“八座”，清代则用作对六部尚书的称呼。三事：古指三公；唐许浑《闻开江宋相公申锡下世》诗：“位极乾坤三事贵，谤兴华夏一夫冤。”

⑮ **郡倅：**即郡佐，知府的副职。王献臣最后在高州通判任上致仕。

⑯ **高科：**科举高第，宋欧阳修《相州昼锦堂记》：“自公少时，已擢高科，登显仕。”名法从：即指著名的监察官，王献臣曾官至御史。

⑰ **旋：**不久。摈：排除，抛弃。

⑱ **谄事时人：**即巴结当时的权贵贾谧。望尘雅拜：即望尘而拜，唐王昌龄《长歌行》：“望尘非吾事，入赋且迟留。”李云逸注云：“望尘，谓趋附权贵，候望其车马之尘。”乹没势权：趋附于权势。乹即干，乹没：趋附。

⑲ **有志于是：**即有志于闲居之乐。是：即指上文之闲居。

⑳ **际会：**遇合之意。唐杜甫《古柏行》：“君臣偶与时际会，树木犹为人爱惜。”

㉑ **遂志：**实现志愿，满足愿望。《易·困》：“泽无水，困，君子以致命遂志。”

㉒ **甫及强仕：**年龄刚到四十岁。甫：刚刚，才。强仕：亦作“强仕”，四十岁的代称；语本《礼记·曲礼上》：“四十曰强，而仕。”

㉓ **膴仕：**指高官厚禄。《诗·小雅·节南山》：“琐琐姻娅，则无膴仕。”每：常常，经常。消息：消长、变化之意。《老子》：“福兮祸所伏。”灾祸常隐藏在幸运之中。

㉔ **末杀斯世：**即今生被埋没。末杀：抹杀，意为失意，被埋没不受重视。斯世：此世，今世。

㉕ **果孰多少：**到底是哪个是得，哪个是失？果：究竟，到底。孰：哪个。多少：得失。

㉖ **漫仕而归：**文徵明被荐为翰林待诏，只是个从九品的小官，又不愿趋炎附势，于嘉靖五年（1526年）失意而归。漫仕：偶然出仕，不能显贵。

㉗ **曹耦：**即：曹偶，指同类。《史记·扁鹊仓公列传》：“曹偶四人。”文徵明《上守溪先生书》：“亦时时窃为古文词，一时曹耦莫不非笑之。”

㉘ **一亩之宫：**一亩地的宅院。《礼记·儒行》：“儒有一亩之宫，环堵之室。”儒者有一亩地的宅院，住着狭小、简陋的房子。栖逸：隐居赋闲。

今译：

槐雨先生王献臣（字敬止）的住宅，在苏州城东北角的娄门和齐门之间。其所居住的地方有很多的空地，中间积聚着很大的水面，于是稍加疏浚，四周种上林木，在水面的北岸建造了一处楼房，叫“梦隐楼”；再在水的南岸建造了一处厅堂，叫“若墅堂”。堂的前面是“繁香坞”，后面是“倚玉轩”。轩的北面直对着“梦隐楼”，在水面上造了座小桥，叫“小飞虹”。过“小飞虹”向北，沿着水岸向西行，岸边有很多的木芙蓉，那里叫“芙蓉隈”。再往西行，在池岸中段的地方建造了一座水榭，叫做“小沧浪亭”。在“小沧浪亭”的（水池）南对面，栽植了修竹作为屏障。经过竹林向西行，走过水滨，有一块大石，可以坐，可以俯下身去洗玩，此处叫 “志清处”。到了这里，水池向北折去，水面广阔无涯，远远望去，似湖泊一般，水池的两岸都是一些嘉树美木。水池的西面栽植了很多柳树，所以叫“柳隩”。 水池的东岸堆土建造了座高台，叫做“意远台”。台的下边放置了一块突出水岸的大石头，可以坐在那里钓鱼，所以叫“钓碧”。由“钓碧”再往北，地势更加僻远，林木更加幽深，水更加清澈而流速加快。在池水的尽头另外疏浚了个小池子，种植荷花，叫“水花池”。“水花池”边有美竹千竿，夏天可以乘凉，竹林中建了个亭子，叫“净深亭”。沿着“净深亭”再向东行，有数十株柑橘，中间有座亭子叫“待霜亭”。再向东行，就是“梦隐楼”的后面了，种植了几株高大的松树，风一吹，就会发出清越激扬的声音，所以叫“听松风处”。从这里绕到“梦隐楼”的前面，有古木和疏竹，可以休息，叫“怡颜处”。再往前，沿着水岸向东，只见一片果林，叫做“来禽囿”。囿的尽头，用四株桧柏绑扎成如亭子一般，叫“得真亭”。亭的后面是“珍李坂”， 亭的前面是“玫瑰柴”，再向前行是“蔷薇径”。到了这里，池水折向南面，两岸遍植桃花，所以叫“桃花沜”。沜的南面是“湘筠坞”。再向南，有古槐一株，布下的树阴范围有好几尺，所以叫“槐幄”。 古槐树下跨越水面的地方建造了座小桥。过小桥向东，竹树阴翳，榆槐蔽目，有亭翼然，若隐若现，西面临水的亭子，叫“槐雨亭”了。亭的后面是“尔耳轩”，亭的左边叫“芭蕉槛”。所有的亭槛台榭等建筑物都是面水而筑。从“桃花沜”向南，水渐渐变成细流。到这里，水流转入地下通道，向南，过百步，流出于另外的园圃丛竹之间，所以叫“竹涧”。“竹涧”的东面，种植梅花几百株，开花的时候就像香雪般绚丽，远远望去如瑶林玉树，所以叫“瑶圃”。圃中有座亭子，叫“嘉实亭”，有一口井泉，叫“玉泉”。总共有一处厅堂，一处楼阁，建造了六座亭子，其他如轩、槛、池、台、坞、涧之类有二十三处，共三十一景，名叫“拙政园”。

王献臣说：“以前晋代的潘岳做官不得志，所以就造造房子种种树，种种地卖卖菜，说：‘这也不失为一种谋生的经营之道。’我自从中进士做官到现在，恰过四十年，和我一同开始做官的人，有的已做到了尚书之类的高官，升官到了‘三公’的位置，而我却只不过做了一个知府的副职，便告老回乡，退居林下，论做官大概还比不上潘岳，因此就用他说的意思来命名我的园林。”

即使这样，你王献臣和潘岳还是有所不同的。你以进士中高科，做到了有名的监察官，立身正直，为道义献身，不久却被罢官。之后再被起用，又随即罢官，终至被排斥不用，你怎么会是品行卑劣，只求自保而随波逐流的人呢？潘岳虽然洋洋洒洒地写了篇“闲居赋”，然而他却逢迎附势，向权贵贾谧献媚，竟然在路上老远候望着贾谧出行车马的尘土，卑躬屈膝，趋炎附势，最终引来了杀身之祸。考察他的生平，一生不曾片刻离开过做官，却要享受其闲居之乐。难道只单单是潘岳这样吗？!古代的名贤和有识之士，开始都想望闲居之乐，而一遇到功名利禄，就不能解脱。还有的有时遇到仕途得失进退，满足不了愿望的时候，就像潘岳那样，这样的人还有多少呀？而你王献臣年龄刚到四十就被解免官职，回到老家，潘岳所说的“筑室种树，灌园鬻蔬，逍遥自得”，这样的闲居之乐，你在这里已经享受二十年的了。考究一下你所得到的，即使是古代的名贤高士，也不一定比不上你，一个潘岳怎么及得上你？！之所以你以潘岳谦虚自比，只不过是宣泄一下自己仕途的不得意罢了。而你原本向慕的生活，本来就是在闲居享乐，而不在仕宦。因此高官厚禄，人人向慕，然而“福兮祸所伏”，幸运中常常隐藏着不幸，天意原本就是这样安排的。让你得志一时，难免会横遭灾祸，失意今生；而与生活舒适，安享晚年相比，到底哪个是得哪个是失呀？每个人对此必须有所选择了！我文徵明偶然出仕，失意而归，虽然走的路和你王献臣不太一样，然而潦倒失意，还是和你差不多的，但我却连古代儒者所享受的一亩地的宅院都没有，来寄托我隐居赋闲的志向。所以特别羡慕你王献臣，就选择你园林中的景物，尽力地用诗歌来表达，并再作园记。

明·林庭㭿 题跋

詔獄禍且不可測時先文安貴南銓冢宰
抗章論救然獲從輕典而枕雨之直
諒益振海內會稽則今日之保全終
始安享和平之福者烏可不知所自哉
此又閣老之意歌詠之所未及者特表
之以發先生一笑云
賜進士光祿大夫 太子太保工部尚書
恩賜歸與馳驛致仕小泉林庭㭿題
季冬中

題槐雨先生拙政園圖詠冊

丁酉秋歸老過吳門晤舊治士民款留不忍別依依然為并州故鄉之念槐雨先生出視此冊索題予方以未及遊覽斯園為歉然披誦之餘則衡山文子之為記畫為記詩兩臻其妙凡山川蒼鬱亭臺泉石之勝暮禽無遺雖輞川之圖何以踰是予何言哉獨念先生蚤以名御史攬轡東巡觸忤權奸遠謫

清·戴熙《拙政园图》

清·文鼎（摹）《瑶圃》

清·吴骞　题跋

知有塵境之隔又非所謂若有神物護持者耶侍御居官以屢忤權奸直聲著朝野待詔殆雖相知契故既為此圖係以題詠復為之作記園中諸景凡卅有一景各一圖筆法從橫變化大抵集宋元名家之大成而參以己意故為此公絕構至冊首林康懿題詞言敬止頼其父文安論掠得從輕興此圖外之意歌詠所未及者皆與明史本傳相應會亦可資考證者豫波屬予審定爰識其梗槩而歸焉固未知有當乎不也　騫

嘉慶己巳夏月海寧吳騫

文待詔拙政園圖予夙昔慕想以不得一見爲悵今爲同邑胡君豫波所藏間屬周子紀君爲紹介欣然允假潔几焚對之心目俱爽可不謂衰年翰墨之緣於園爲東吳第一名勝刱始于王敬止侍御厥後屢轉易主盛衰興替昔人題詠記載並詳予所輯徐夫人拙政園詩餘附錄中此圖作于嘉靖十二年癸巳蓋時侍御已歸老於吳迄今且三百載園雖尚存其中花木臺榭不知幾經榮瘁變易矣幸留斯圖猶可徵當日之經營位置歷歷眉睫又如身入蓬島閬苑琪華瑤艸使人應接不遑幾不

清·何绍基　题跋

余昨過姑蘇嘗冒雨至拙政園今為吳氏園矣水石清幽而亭屋頗多欹側主人皆官於外也至杭州小住湖上一日朱誦清兄招遊吳山出示文衡山拙政園圖冊圖凡三十有一各係以詩其畫意精趣別各就其景自出奇理以騰躍之故能幅幅入勝以余昨迹證之多不能到畫中妙處蓋人事地形閱三百年恐當日園中妙處尚有畫所不到者未可知也此園自王氏槐雨後忽官忽私屢易主而至吳氏憶余昨泊禾郡游陳氏園即岳倦翁故業展轉至國初歸曹倦圃沿倦翁以自號也又再傳而屬陳氏以倦翁精忠之裔不獲使子孫長有此園亭若槐雨者又安能永占乎泉艸木乎況陵谷變遷必不能如此圖之日久愈新又必歸於珍鑒之家也誦翁久秘此冊比年因乃郎伯蘭世講性恬澹耆繢事遂以畀之將為朱氏世寶視園之數屬王氏於入官人手者得失相去甚遠伯蘭年少英邁能耆古吾望其績學樹名務期遠大以其餘事究情畫妙可也若日把此冊而模之範之衡山有知且笑曰盍索我於拙政園外也道光庚戌季夏道州何紹基記於淨慈寺之萬峯庵

【附录二】纽约大都会艺术博物馆藏拙政园图

一、小沧浪亭

偶傍沧浪构小亭依然绿水
遶虚楹岂无风月供垂钓亦
有儿童唱濯缨满地江湖聊
寄兴百年鱼鸟已忘情舜钦
已矣杜陵远一段幽踪谁与争
园有积水横亘数亩类苏
美沧浪池因筑亭其中曰
小沧浪昔子美自汴都流吴
君亦还自北都踪迹有以类
故亦名

徵明

二、湘筠坞

種竹遶牙闌，迴竹成塢。盛夏之際，秋林深不知午。中有遺世人棲息。爽與風來，颯然醒塵慮，瀟洒而西。

湘筠塢在桃花沜之南，槐雨亭北，修竹連亘，境特幽迥。

徵明

三、芭蕉槛

新蕉十尺强，得雨净如沐。不嫌粉堵高，雅称朱栏曲。秋声入枕凉，晓色分窗绿。莫教轻剪取，留待阴连屋。

芭蕉槛在槐雨亭之左，更植棕，随宜当暑月。

徵明

四、钓䂬

白石净无尘，平临野水津。坐看丝袅袅，静爱玉粼粼。得意江湖远，忘机鸥鹭驯。须知缗钓者，不是羡鱼人。

钓䂬在意远台下，春明之际，杨柳藤花之人坐忘返。

徵明

五、来禽囿

清陰十畝夏扶疎，正是長林果熟初。珍重筠籠分贈處，小窗親搨右軍書。

來禽囿在滄浪池之南北，雜植林禽數百本，故云。

徵明

六、玉泉

曾勺香山水泠然玉一
泓寧知瑤漢隔別有玉泉
清修綆和雲汲沙瓶帶
月烹何須陸鴻漸一啜自
分明　京師香山有玉泉君
嘗勺而甘之因號玉泉山人
及得泉於園之巽隅甘洌
宜茗不減玉泉遂以為名
示不忘也

徵明

七、繁香坞

雜植名花傍草堂紫蕤丹艷
漫成行春光爛熳千機錦
淑氣薰蒸百和香自愛芳菲滿
懷袖不教風露濕衣裳高情
已在繁華外靜看遊蜂上下
狂

繁香塢在若墅堂之前雜
植牡丹芍藥丹桂海棠紫
瑤諸花蓋宋謝詡云隱
君小築繁香塢

徵明

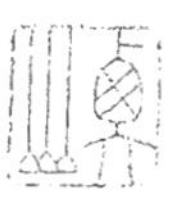

八、槐幄

亭亭高槐午夜墙氣蒸
寒翠濕衣裳疏花簌簌
流芳遠清蔭垂垂世澤長
八月文場懷往事三公勳
業付諸郎老來不作南
柯夢獨自繞林納晚涼
槐幄 辛亥秋九月廿
日 徵明書

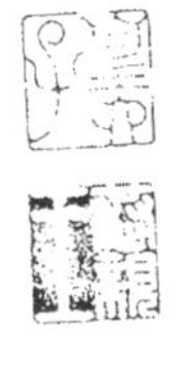

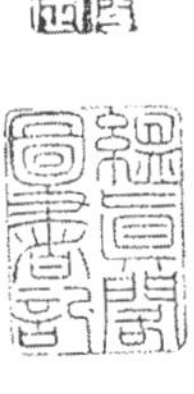

九、成亲王跋

衡山詩當七子勃興之際獨
幽歸子慕超然塵壒之外
畫學吳興書亦前明一代中
郁離以後無兩多讓此冊
雖率意小品正耐人細繹也
道光季冬廿一日
成親王識

十、内藤虎题跋

此冊衡山待詔為姓吳者畫其園池勝景園原宜有名今已失之畫筆超妙用墨古淡在子昂仲穆父子間使人耽看不忍釋手洵為衡山畫中絕佳之品每頁題詩最後題有辛亥字乃嘉靖三十年衡山八十二歲時作其畫法則比畫稍遜焉嘗經安麓邨詒晉錫晉二郎鑒藏有成主政足珍也已

昭和五年八月內藤虎

【附录三】明代王氏拙政园复原图

注释：

①若墅堂；②倚玉轩；③小飞虹；④梦隐楼；⑤芙蓉隈；⑥小沧浪；⑦意远台、钓碧；⑧志清处；⑨柳隩；⑩水花池；⑪深净亭；⑫待霜亭；⑬听松风处；⑭怡颜处；⑮来禽囿；⑯得真亭、玫瑰柴；⑰珍李坂；⑱蔷薇径；⑲桃花沜；⑳湘筠坞；㉑尔耳轩；㉒槐雨亭；㉓芭蕉槛；㉔竹涧；㉕瑶圃；㉖嘉实亭；㉗玉泉；㉘繁香坞；㉙槐幄

主要参考书目

[1] 文徵明.王氏拙政园记[M] 陈植,张公弛.中国历代名园记选注.合肥：安徽科学技术出版社，1983，9/98.

[2] 苏州市地方志编纂委员会办公室，苏州市园林管理局.拙政园志稿[M].苏州：苏州市园林管理局，1986.

[3] 童寯.江南园林志[M].北京：中国建筑工业出版社，1984.

[4] 刘敦桢.苏州古典园林[M]：北京：中国建筑工业出版社，2005.

[5] 文震亨.长物志[M].陈植校注.南京：江苏科学技术出版社，1984:3.

[6] 周道振.文徵明拙政园书画辨析[J].苏州园林，2001(02):23－25.

后记

拙政园是明代文人园林的典型代表，它所追求的是一种隐逸淡泊的情调，抒写的是一种宁静清寂的情怀，正如明代吴门画派代表人物沈周的那种亲切温润的自然风景与平淡天真的心境完美融合的绘画风格，而迥异于商贾富豪们的穷奢极欲的雕梁画栋和市侩气十足的庸俗。就像袁学澜所筑的双塔隐园："今余之园，无雕镂之饰，质朴而已，鲜轮奂之美，清寂而已。"在建筑物的题名上，诸如梦隐楼、若墅堂、怡颜处、瑶圃等等，无不表达出明代文人的那种对社会政治的退避和自我人格完善的特质。拙政园在布局上旷远疏朗，近乎自然，主要建筑临水而筑，正如文震亨（文徵明曾孙）在《长物志》"室庐"中说的那样，"居山水间者为上"。至于花木的配植如听松风处、怡颜处、来禽囿等，亦如《长物志》所云："乃若庭除槛畔，必以虬枝枯干，异种奇名，枝叶扶疏，位置疏密。或水边石际，横偃斜披；或一望成林，或孤枝独秀。草木不可繁杂，随处植之，取其四时不断，皆入图画。"把造园与诗文、绘画等结合起来，强调景物的画意生成。

拙政园一直是我记忆中的那片山水，总想诉诸文字表达一下自身的那份感受。然吾少亦贫，读书甚少，又不求甚解，好不容易读了几年大学，学的却是林业专业，正所谓：池上杨柳，潇洒风流；仔细瞅瞅，原本木头。又缺乏机缘，故而对拙政园少有文字。因在园林系统工作的缘故，又常带学生去苏州诸园林实习，因此对园林有更深的了解，在教学、游园之余，也曾以一下、吴子虚等别名偶尔写些与园林有关的文字，得以结交一些园林耆硕，无奈生性木讷，学不成器，曾以《四十述怀》打油诗述之："曾忆家住太湖东，半坡梅花半坡松。可怜一夜野火起，从此流宿破庙中。一樽问花花不语，半生寻梦梦亦空。漫天飞雪黄昏近，憔悴已成泽畔翁。"年前因遇前辈学者崔丈晋余，言及出版《明文徵明拙政园图》一事，希望由我注释文氏之图咏，因与崔丈谊兼师友，亦常随其游赏于苏州诸园，便不揣粗陋，揽下此活，然一波三折。所幸拙政园管理处刘金德主任见状，欣然为序，得以顺利出版。在此，特别感谢苏州大学曹林娣教授，不嫌吾侪陋拙，点校出多处舛误，并以对拙政园图咏的最新研究心得，以为代序，再以纽约大都会艺术博物馆所藏的八帧拙政园图咏惠赠，其奖掖后进之举，堪为师范。感谢拙政园管理处方佩和、蒋方根、孙志勤等原领导，没有他们不可能得以优游悟读名园。感谢我校科研处施惠萍女士、钟玉琴女士，苏州知名画家徐青老师等的多方协助，衷心感谢中国建筑工业出版社的吴宇江编审，没有他们所付出的努力，拙作不可能付梓出版！世上原有不怕遭诟之士，意在抛砖引玉，望诸阅者勿以吾辈迂陋而见责。是为记。

辛卯冬至夜初稿，壬辰暑月末完稿于玩泽书屋